小さな101物語
知っていたよ

文・絵・写真　島内　武

東京図書出版

まえがき

原稿用紙一枚、ゆっくり朗読して一分。その原稿用紙一枚に込めた、小さくささやかな物語集です。

物語の筋に至る話や、物語のその後の話、行間の情景、登場人物の表情・思い、交わされる会話などは、読者のみなさんに委ねたいと思います。それぞれの物語の外にある細部を、読者のみなさんに、想像・創造していただければ大変うれしいことです。

そして、この物語集の中の一つの物語でも、みなさんの心にぽつんと残るものがあれば幸いです。

島内　武

小さな101物語　知っていたよ　―もくじ―

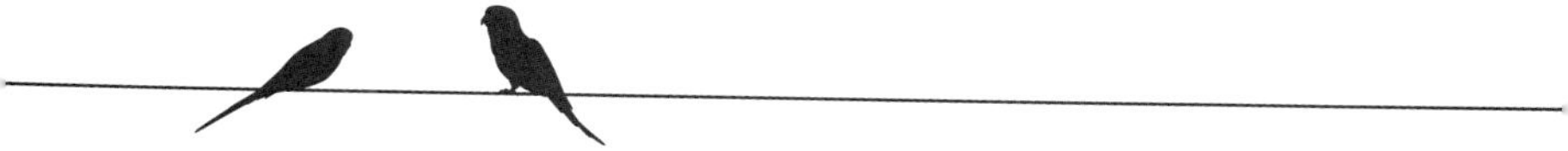

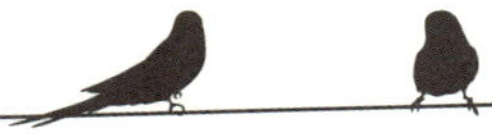

知っていたよ

お父さんが急死してから、泣いてばかりのお母さんが、妙に元気になりました。

明日、遊びに行って御馳走も、と言い出したのです。

あれから十年。香は成人の日を前にして、お母さんに手紙を書きました。

「知っていたよ。お母さんが私たちを連れて、お父さんの所へ行こうとしていたこと。

あの日、朝起きたら、私と啓太のランドセルが、お父さんのお骨の箱の前に、きれいに並べられていたの。それで知ったの。だから、啓太に『今日は思い切り喜んではしゃいで、にこにこしておこう』と話したの。そんな私たちを見たら、お母さんが諦めるかも知れないと思って。私も啓太もお父さんの所へ行ってもよかったけれど、お父さんに、きっとすごく叱られると思ったの。あの日、家に帰ってから、お母さんと私、声を上げて泣いたね。
おかあさん、懸命に私たちを今まで育ててくれてありがとう。私、二十歳だよ。」

サツマイモ

戦後の食糧難の頃でした。少年とその妹が歩いている時でした。一台のリヤカーが通りがかりました。その時、リヤカーに積まれたサツマイモが一つ転がり落ちました。

リヤカーのおじさんは、そのことに気がつきませんでした。少年はすぐにそれを拾い上げましたが、おじさんに声をかけることも、返しに行くこともしませんでした。

一つのサツマイモとはいえ、少年の家族にとっては、貴重な食べ物です。サツマイモを持ったまま、ずっと立っている少年を、妹が何も言わずにじっと見上げていました。

その妹を見て、少年はおじさんを追いかけて行きました。妹も後を追いました。

「今どき、わざわざ追いかけて届けてくれるなんて、本当にうれしいよ。これをあげるよ。お嬢ちゃんには、こいつを。」

二人は大きなサツマイモを持って、ほほえみ合いました。

お花見

春の精がスキップしながらやってきました。遠くの山並みはまだ雪で輝いていますが、川堤《かわづつみ》の桜は満開です。その桜並木の下を、雅子が母親の車椅子を押して歩いています。

雅子の母親は二年前に脳梗塞を起こし、やっと歩けるようになったものの、少し遠くへの外出は車椅子使用を余儀なくされています。長女の雅子がその母親の世話をしています。

「桜の好きな雅子と私、今年もこうやってお花見ができたよ。雅子、ありがとう。」

「『ありがとう』なんていらないよ。お母さんが、私たち三人を女手一つで育てるのは、もっともっと大変だったんだからね。」

「いいや。雅子は私のために、引っ越しまでしてきたんだからね。」

「それよりも、お母さん、今度の母の日、プレゼントに何かほしいものある？」

「ありがとう。私は何もいらないよ。毎日毎日、母の日をしてもらっているからね。」

撫で撫で

インコのロビン、犬のポコ、猫のマーヤは、一つ屋根の下で仲良く暮らしています。

ロビンは、頭や首筋の撫で撫でを、いつもご主人におねだりします。撫で撫でされているロビンは、目を閉じてうっとりとします。

そんな時、ご主人の足元で、ポコが「ぼくもぼくも。」と、盛んに尾を振り続けます。ご主人が次に、ポコの背中やお腹を撫で撫ですると、ポコもうっとりとして、体を床に横たえます。その時、ロビンは、また撫で撫でをお願いと、ご主人の肩に止まって、耳や髪にいたずらをします。

こんなことが毎日繰り返されています。

ある日、ロビンとポコが、撫で撫でのことをマーヤに尋ねました。

「なぜ、マーヤはいつも、自分からご主人に撫で撫でをおねだりしないの？」

「ネコの私はね、ご主人が喜ぶように、撫で撫でをさせてあげているのよ。」

あきらめることより

夏希の父が、事故で右腕の肘から先を失いました。脚も少し不自由になりました。退院後、仕事の配属を考慮されて会社に戻ったものの、家では落ち込んだままで、「もう何もできない。」と独り言を漏らしています。

そんな父の誕生日、父を元気づけるいい機会だと夏希たち家族は考えていました。

しかし、ケーキのろうそくを吹き消す時、父はつぶやきました。

「できなくなったことが、このろうそくの火の数と同じだな。」

その時、夏希が叫ぶように言いました。

「何を言っているのお父さん。お父さんは明るくしている私たちを見て、人の気持ちの分からん奴だと腹立たしく思っているかも知れないけど、お母さんなんかいつも泣いているのよ。体が不自由になっても、あきらめることより、これからできることの方が多くあるのと違うの！　元気になってよ。ワァー……」
彼の生き方が変わったのはそれからです。

小鳥のさえずり

一人の青年が、商店街の真ん中に立ち止まって空を見上げていました。商店街の空高くを走る電線に止まって、一羽の小鳥が華やかにさえずっているのを見つけたのです。

そこへ、幼い女の子とその母親が通りがかり、その小鳥の歌に気づきました。その二人は「小鳥さんのお歌、きれいね。」と言い合いながら、青年と一緒になって、小鳥を見上げていました。

また、そこへ買い物をした女性が通りがかり、同じように小鳥を見上げました。その様子を知った酒屋の店主も出てきました。学校帰りの小学生も通りがかりました。

そのうちに、たくさんの人たちが集まり、そのみんなが小鳥を見上げました。

そのような人の集まりを知ってか知らずか、その小鳥は、さえずり続けました。
だれもその小鳥の名は分かりませんでしたが、みんな笑みを浮かべていました。

たぬき会議

森の広場で何やら会議をしています。

「だいたい、人間たちはわしらを馬鹿にしておる。狸親父とか狸爺、狸婆とか、人のよさそうなふりをしてずる賢い人のたとえに、わしら狸を使っておる。」

「それはかりではないわ。私たちの顔だって、絵に描かれたら目の周りの黒い模様がつながっているし、お腹もふくれ、しかも出べそ。おまけに、そのお腹をポンポコ打つんだって。ファッションモデルの私としては、絶対に許せないわ。抗議すべきよ。」

「わしは、古い『御伽草子』という書物にある『かちかち山』という物語を調べたんだが、わしら狸は、時には人間を食うこともある恐ろしげな化け物扱いだよ。」

広場の近くの陽だまりでは、子狸たちが、大人たちの会議をよそに楽しげに遊んでいます。「げんこつ山のたぬきさん～おっぱい飲んでねんねして……」と歌いながら。

ショール

高校生になった美奈子は、小遣いを貯めています。一人田舎に住んでいる祖母に、誕生日プレゼントをするためです。そして、ショールを買いました。これから寒さに向かうため、見た目も暖かそうなものを選びました。

お正月、美奈子は祖母の家に行きました。

仏壇に手を合わせた時、美奈子は仏壇の下にピンクの包みがあることに気付きました。それは美奈子が送ったショールの入った包みでした。包みを開けた跡はあるのですが、きれいに蝶々結びをされたリボンが、そのままかけられていました。

「おばあちゃん、こんなに寒くなったのに、このショール、使わないの？」

「いや、美奈ちゃんのプレゼントが嬉しくて嬉しくて、仏壇のおじいちゃんにもずっと見せているんだよ。おばあちゃんの大切な宝物のショールだから、よっぽどのことがないと身に着けられないんだよ。美奈ちゃん。」

ゴンスケ

冬っ子が、昨日、挨拶代わりに冷たい風を吹かせたと思ったら、今日は家の屋根や畑を薄っすらと雪化粧させました。

今日は、六さんが町の病院へ薬をもらいに行く日です。例によって、バス停で愛犬のゴンスケとバスを待っています。

ゴンスケは六さんを見送るのです。その後、ゴンスケはバス停近くのカツラの木の下で、六さんが戻ってくるまで、じっと待っています。散り残ったカツラの葉が、ちらついている雪と一緒にゴンスケの頭に落ちてきても、頭を振るだけで、そこを動こうとはしません。道行く人たちが、ゴンスケの名を呼んでも、それに応えて尾を振るだけです。

それから二時間、六さんが乗っているバスが近づく音が聞こえるのでしょうか。

ゴンスケは立ち上がってうろうろします。

バスから六さんが降りてきました。

ゴンスケはちぎれんばかりに尾を振るのでした。

ぼくは強い子

働き盛りのはずの純也は、末期のガンに侵されています。小学校一年生の息子の敦司は、父親のことが心配でなりません。しかし、父親の前では明るく振る舞い、父親の鼻に入れられている管を見て、「パパは、ひげの王様だ！」と笑わせたりもしています。

純也は、息子にどのような終《つい》の言葉を話そうかと悩んでいます。思うことは山ほどあるのに、無念さと息子の今後の心配が先走りして、言葉として浮かんでこないのです。

ある日、息子に話しました。

「ママとパパの子に生まれてきてくれてありがとう。パパはもうすぐ空の星になってしまうけれど、敦司はとても強い子だ。心の強い子だ。ママといつも笑っていけ

る ね。」
その数日後、純也は息を引きとりました。
「ぼくは強い子なんだ。ぼくは絶対に泣かないよ。強い子なんだ。泣かないよ
……」
と、敦司はおんおんと泣くのでした。

うどん屋で

吉じいは、少し挙動のおかしい若者に気がつきました。素うどんを注文した若者です。その青年は、絶えず出入り口を気にしながら食べているのでした。そして、手の平に汗をかくのでしょうか？　頻繁にTシャツで手をぬぐっていました。

長年、うどん屋を続けてきた吉じいの勘は、若者が食い逃げをすることを見抜いていました。しかし、その青年が今までの食い逃げ客と違うのは、食い逃げに躊《ちゅう》躇《ちょ》しているところでした。吉じいは青年の傍まで行きました。

「ポケットから、これが落ちましたよ。」

と千円札を手渡し、人差し指を縦に唇につけ、何も言わずに受け取れと合図をしました。

青年はそのお金で代金を払いました。おつりも受け取りましたが、その顔は、涙と鼻水でぐちゃぐちゃになっていました。
それからしばらくして、吉じいの店で威勢よく働く店員がいました。その青年です。

たんぽぽ

土手のたんぽぽがつぼみをつけました。

そのつぼみもすぐに大きくなり、笑顔のような黄色い花をつけました。その花は、空を見ているようでした。やがて、その花は丸い綿毛の玉になりました。

綿毛たちは、風を待っていました。ある時、花茎《かけい》を揺らすような風が吹きました。

綿毛たちは、ふわぁと空に上がりました。綿毛たちの風の旅です。

ところが、どうしたことでしょうか。一つ残った綿毛がありました。

♪たんぽぽ、ぽぽんた咲きました……♪

歌を歌いながら少女が来て、その綿毛を見つけました。そして、花茎をちぎり、

「お空に上がれなかったのね。私が飛ばしてあげるね。」

と言うと、思い切り頬を膨らませ、息を吹きかけました。その綿毛が飛んで行き

ました。

「どこかで、可愛い花を咲かせてね！」

トマトの歌

小夜さんは、小学生の孫に教えてもらった『トマトの歌』を歌いながら、朝食時のトマトをもぐのが、ここのところの日課になっています。しかし、まともに歌えたことは一度もありません。

『トマトの歌』というのは、「ソソラ　ソラソラ　うさぎのダンス」で始まる童謡『うさぎのダンス』の替え歌です。歌詞はすべて「トマト」を繰り返して歌うのです。文字にすると、「トマトトマトトマトトマトトマ……」という具合になります。うまく歌えば、トマトで終わるとのことです。

でも、小夜さんは「トマトトトマト」と最初から間違うのです。それでも、陽気な気分になって、朝露をいだいた真っ赤なトマトを、ざるに入れていくのです。

「おばあちゃん、今日は歌えた?」

「だめだなぁ。あんなむつかしい歌、まるで頭の体操のようだよ。」

知り合いということで

母の四十九日法要を終えた帰り道です。

「お母さんも、天国でまたお父さんと仲よく過ごしていくのでしょうね。どこへ行くにも二人一緒だったものね。」

「おやじとおふくろは、本当に仲がよかったからな。夫婦の見本を、兄貴夫婦にも僕ら夫婦にも示していたよ。」

「ところで、あなた、私たちがあの世へ行って再会した折は、お互いに『知り合い』ということにしておきましょうね。」

「えっ、どういうこと？」

「もしもあの世で出会っても、あなたと私は、地上での単なる知り合いだったということよ。」

「えっ、ということは、おまえは僕と違う
相手と結婚をするという気でいるのか。」

「あなた、驚いた！　驚いた！

びっくりさせただけよ、あなたを。」

「なぁんだ。びっくりしたよ。」

手さぐり

美和子は、生まれつき目が不自由です。両親は、多くの病院を訪ね歩きましたが、どうにもなりませんでした。

物心がついた頃の美和子は、手を使って、物にはいろいろな形があることや、硬い・柔らかいの違いがあること、肌触りの違いがあることなどを、どんどん学んでいきました。

とりわけ、いつも優しく抱きしめてくれたり、髪をといてくれたりする母親の顔に興味がありました。

だから、美和子は母親の頭や顔をよくさわりました。耳をさわるのも好きで、母親がくすぐったいと笑うのも愉快でした。

ただ、いつも母親の目の辺りをさわると、急に美和子の手が濡れ出し、母親の唇の震えを感じるのでした。

美和子が自分の手が濡れたわけを知ったのは、美和子の成長とともに母親が強くなってからのことでした。

月明かりの下で

山の尾根の木々たちが、大きな満月を空に持ち上げ、やがてその月が、集落を照らしだしました。その月明かりの下の家々では……。

雅さんと米さんが、夫婦喧嘩をしています。どうやら夫の雅さんが、お酒を飲み過ぎているらしいです。

時枝さんは、ラジオの懐メロを聞きながら、野良着の繕いをしています。傍らでは亭主が渓流釣りの仕掛けを工夫しています。

徳じいは、縁側で虫の声を聞きながら酒をちびちびとやっています。女房が居間から呼んでも、聞こえないふりをしています。

達さんは、孫たちとテレビを見ています。孫たちに「今の若いタレントはみんな同じ顔に見える。」と訴えています。

吉彦さんの家では、小学生の娘が、学校で習った唱歌をお風呂で歌っています。
お宮の森では、「明日も晴れそうだよ。」とふくろうが鳴いています。

にらめっこ

秋祭りが過ぎましたが、今年は月夜が続いています。これまでは、なぜか秋祭りの後は雨空が続いていたのです。

その月を作治が女房の厚子と、まるで月とにらめっこをするかのようにながめています。

「お月さんとのにらめっこが一番いい。」

作治はそう言って、月を見たままこう続けました。

「わしら農家の人間はにらめっこばかり。朝から、空とにらめっこ。野菜の出来とにらめっこ。出荷価格とのにらめっこ。機械代や肥料代なんかの支出とにらめっこだ。」

「でも、こうやって暮らしていけるのは、そのにらめっこのお陰だわ。にらめっこは笑うと負けだけど、にらめっこで笑っていかなくてはね。」

「厚子、にらめっこをしようか。」

「プッ！」

二人は同時に吹き出しました。

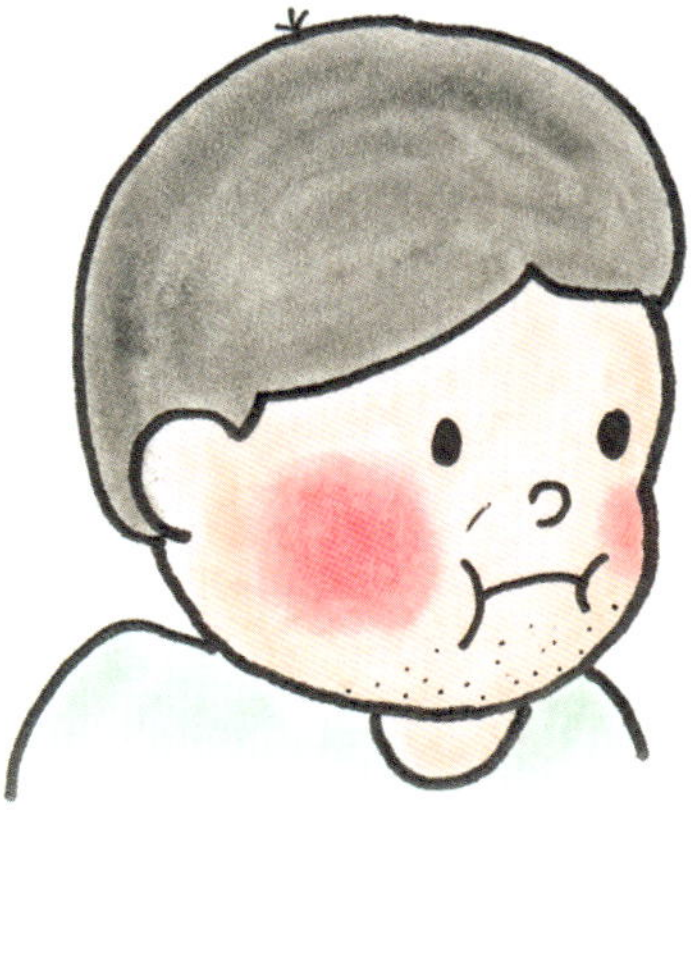

絵画窃盗犯

「少年　絵画窃盗犯逮捕に尽力！」

地元新聞にマルコのことが大きく報道されました。マルコの家には、古くて大きな一点の風景画が居間の壁に飾られています。マルコは、その絵の中に入ることができるのです。絵の前で両手を平泳ぎで水をかくようにすると、すうっと絵の中に。

ある日、高価な絵画を狙う窃盗犯たちが、マルコの家に忍び込み、だれもいない居間のその風景画の前に立ちました。

「こいつは、すばらしい絵だ！」

「親分、こんな家にも逸品とは驚きだ。」

二人の窃盗犯は、その絵の額を力を合わせて外そうとしました。

「きっと由緒ある絵だ。だからこいつは重いんだ。それっ、よいしょっ！」

驚いたのは、絵の中で遊んでいたマルコでした。急いで絵から飛び出しました。窃盗犯は二人とも気を失ってしまいました。

口げんか

勝と早紀は、幼い頃からの仲良しです。お互いに近所に住んでいるだけでなく、幼稚園の年少組から小学校四年生の今まで、偶然にずっと同じクラスなのです。

しかし、二人は仲が良過ぎて遠慮がないため、よく口げんかをします。今日も、校庭で遊び場所を巡ってもめています。

「なんで、そんな勝手なことをするのよ。困るやんか。」

「そうかて、この場所、いつもおれらが遊んでる場所だもんね。」

「けど、横取りするのはおかしいわ。もううちは、死んでも勝のお嫁さんになんかに、絶対の絶、絶対にならないからね。覚えときや、絶交！」

「ふんだ。そんなにいやなら、おれ、絶対の絶、死んでも絶対に、早紀をお嫁さんにするから！　よう覚えとけ！」

「ふん、覚えとったるわ。」

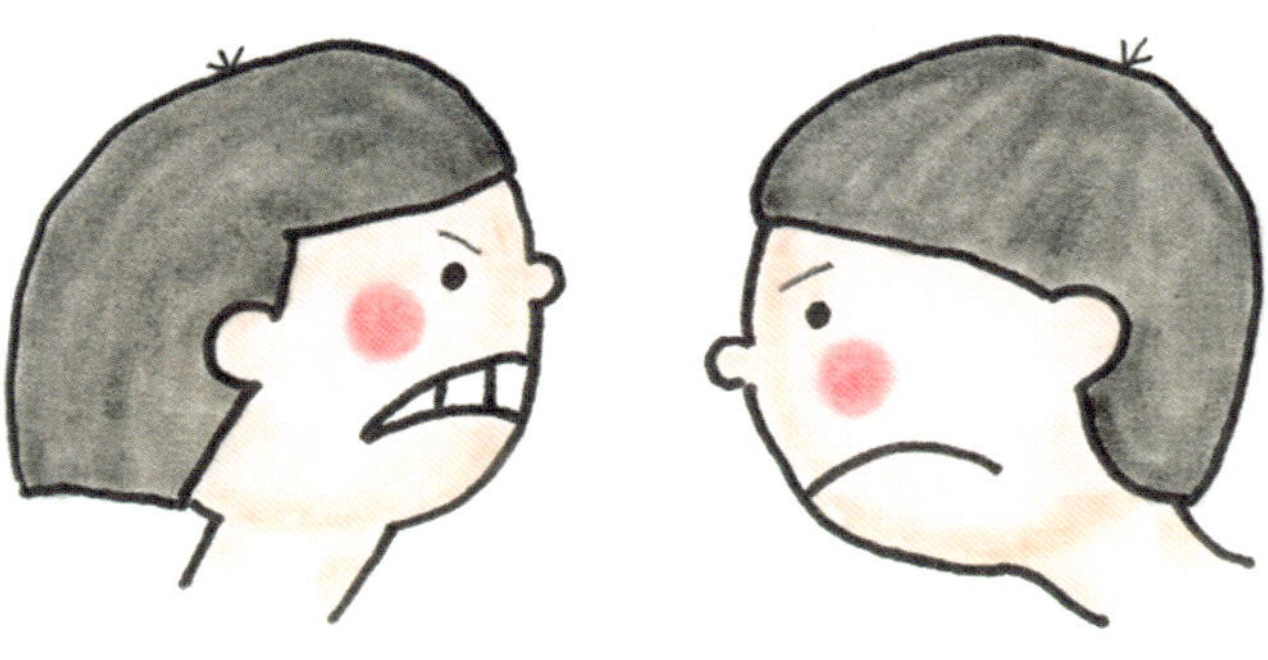

天使

にこちゃんが、パパとママの間に座ってテレビを見ていました。テレビでは、ドイツのアウクスブルクのクリスマス風景が、幻想的に映し出されていました。女の子たちが光に照らされ、天使になって現れるものでした。

それを見たにこちゃんは、「にこも天使になりたいなぁ。」と思いました。

にこちゃんが、お絵かき帳に天使の絵を描くようになったのは、それからです。歌を歌っている天使、風船を持っている天使、にこにこ笑っている天使……。金色の羽の天使、真っ赤な羽の天使、さまざまな色が混ざった羽の天使……。

それらを見たパパが言いました。

「にこは、天使の絵が上手だね。」

「だってね、にこ、天使の絵をいっぱい描いて、かわいい天使になりたいもん。」

「にこは、天使だよ。パパにとっても、ママにとっても、にこはいつも天使だよ。」

矢切の渡し

帝釈天の裏手は、江戸川の堤《つつみ》です。堤に上がると、「矢切の渡し」が見えます。雨の中、東京出張の聡を寄り道に駆り立てたのは、この矢切の渡しでした。渡し船で松戸市側に渡ると、『野菊の墓』の文学碑があります。

聡は、小説『野菊の墓』を読み、その物語に興味をもちました。その後も、様々な脚本、監督による『野菊の墓』の映画を見てきましたが、主人公の政夫と民子を結婚させたいという思いを募らせるばかりでした。二人は結ばれない物語の筋なのですが、聡は何とかならないものかと思っています。特に政夫の手紙と写真を胸元に秘めて逝った民子が、あまりにも切な過ぎると思っています。

雨と川霧で渡し場は煙っていました。聡が初めて見た『野菊の墓』の映画は、晩年の政夫が、川霧の矢切の渡しに乗って、昔を回想するところから始まります。聡は、『野菊の墓』の世界にいざなわれていきました。

今は死ねない

農協に勤める亮介は、職場近くの食堂で働く恵子に思いを寄せています。しかし、亮介は、その思いを恵子に打ち明けることもなく、デートに誘うこともありませんでした。ただ、冗談を楽しく言い合う仲にはなっています。

ある日、亮介がミニバイクで農家回りに出かけたときです。恵子が働く食堂の前で、前方不注意の車にはねられました。それから、一週間。亮介の意識は戻りませんでした。

しかし、外見上は意識不明の亮介ですが、脳は今死ぬことはできないと考えていました。まだ恵子に思いを打ち明けていないことや、今死んだら、いつ天国で恵子に会えるだろうか、恵子はきっと長生きするだろうから七十年以上先か、などと心配していたのです。

そんな心配をしていたら、亮介は奇跡的に意識が戻り、快方に向かったのです。
亮介が入院して以来、恵子は毎日病院を訪ねていたのでした。

桃の実

「桃栗三年柿八年」と言いますが、桃子の誕生を祝って植えられた桃の木は、なかなか実を結びませんでした。

ところが、八年目の今年は、大きく、可愛い色合いの実がなりました。実をもいだ桃子は、その実をじっと見つめていましたが、あまりの可愛さに思わず、それを頬につけました。そうすると、実の毛で頬がちくちくと痛むのでした。桃子の発見でした。

桃子は、家族のみんなに、

「桃をほっぺにつけるとどうなる?」

と尋ねました。みんなは、ちくちくするのが当然のように答えました。

学校でも、友だちや担任の先生に聞きました。校長先生にも聞きました。やはり、ちくちくするのが当然のような答えでした。

桃子は思いました。

「なーんだ。みんな、桃が可愛いから、頰に桃をつけたことがあるんだ。」

母の心

「行ってきます！」という孝の元気な声。

そして、すぐにドーンという鈍い音。家のすぐ近くの道路で、孝がランドセルを背負ったまま倒れていました。母親の柚子が駆けつけたときは、薄目を開けているように見えましたが、その薄目も閉じられました。柚子は狂ったように「孝！ 起きて！ 孝！ 起きて！ 起きて！ 起きて！ 孝！ 孝！ 孝！」と、大声で叫び続けました。傍らで運転手が土下座したまま、石のようになっていました。

孝は柚子に何も言うこともなく、起きることもなく、運ばれた病院で亡くなりました。

あれから、何年もの歳月。施設にいる柚子は最近、「孝は寒くないかね。」「孝はお腹を空かしてないかね。」「孝はいつ来るのかね。」などと、独り言を言うようになりました。

認知症が進んできた柚子ですが、柚子の心の中では、小学生のままの孝が、今も元気に生きているのでした。

ひとみ先生

ひとみ先生は、この四月、大学を出てすぐに町の小学校に赴任してきました。可愛く優しくて、笑顔抜群。受け持ちの三年生の子どもたちは、ひとみ先生に憧れています。

「前までは、お母さんと結婚したいと思っていたけれど、今はひとみ先生。」

「でも、勉強が悪かったら、ひとみ先生は結婚してくれないかも。」

「ぼくは、九九の七の段が苦手だから、だめかな。いつも廊下、階段も走るし……」

「ひとみ先生には、絶対に恋人がいるって、じいちゃんも父ちゃんも言ってたぞ。」

男の子たちはこんなことを教室で言い合っていました。そこへひとみ先生が入ってきました。いきなり、ケンジが尋ねました。

「先生、恋人いるの？」

「いるわよ。ここのみんなが恋人よ。」

「ヤッター！」

男の子たちはみんな歓声を上げました。

家宝

賢吉が家の蔵から細長い桐の箱を見つけました。その箱には「但し末永く家宝にすべし　大正十年三月」と墨で書かれていました。賢吉は、胸を高鳴らせながら紐をほどき、箱を開けました。そこには、和紙に包まれた掛け軸が入っていました。掛け軸を開くと、何とそれは円山応挙《まるやまおうきょ》の作でした。賢吉はどのくらいで売れるんだろうかと、大きな額を思い浮かべました。

そこへ、賢吉の母親が来ました。賢吉は興奮した面持ちで、蔵から応挙の掛け軸が見つかったと、母親にその掛け軸を見せました。

「蔵にあったのか。どこへ行ったかと思っとったよ。血は争えないもんじゃ。お前も騙されてしまって。それは、お前のひいじいちゃんが、大金を払って買ったものなんだ。ところが、後からまがい物と判ってのぉ。こんなものに手を出すなという戒めのために家宝にしたんだわ。それが『但し』だわ。」

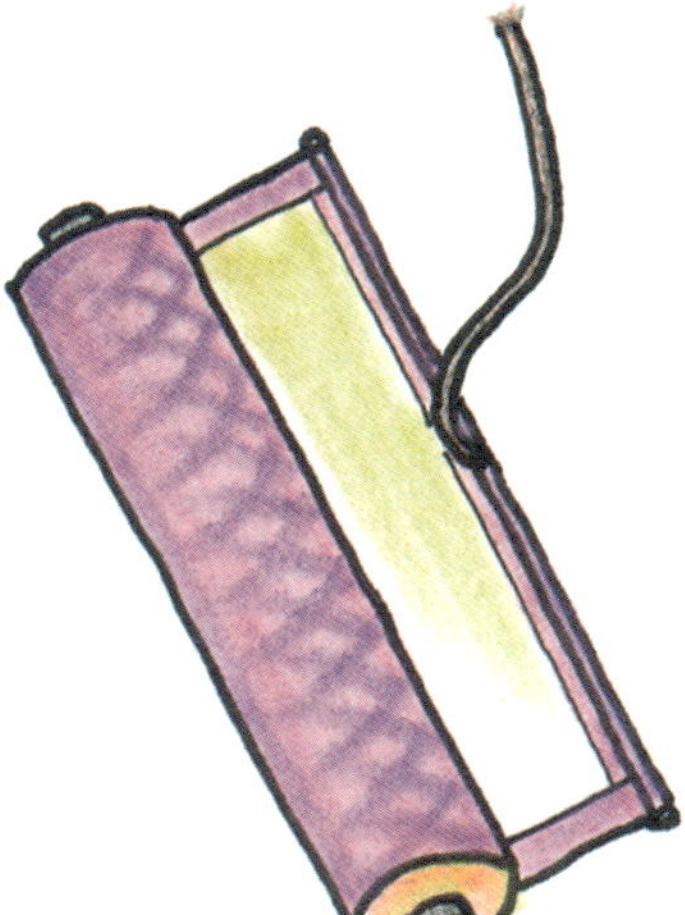

もしも

ゴーヤ棚に止まったカラスが、ゴーヤの実と話をしていました。

「もしもぼくの体が小さくて虹色だったら、人間たちに好かれていたよ、きっと。そして、カナリアのようにさえずることができたらなぁ。もっともっと人間たちに好かれていたかも知れないいんだ。」

「私も、もしもイチゴのような香りがして、マンゴーのように甘かったらなぁ。世界中の子どもたちに好かれていたはずよ。」

「お互いにそうだね。」

一羽と一個の話を、ゴーヤ棚の下で聞いていた希は言いました。

「虹色で小さくて、カナリアのようにさえずるカラスは、カラスさんではないよ。イチゴのような香りがして、マンゴーのように甘いゴーヤは、ゴーヤさんではない

よ。私は、今のままの自分が大好きよ。」
希と一羽と一個は微笑み合いました。

保健室前で

四年生の大吾は、少し乱暴な言動が多く、クラスのみんなは、彼のことをあまり快くは思っていません。たまに大吾の言動に注意をする女子もいますが、そのような時、「へへぇ」と作り笑いをして、すぐに「お前はバーカ！」と言い放って去って行きます。

大吾は家で常に、学習成績も品行もいい兄と比較されて、「劣った弟」と親から烙印を押されているようでした。そのようなことで、大吾自身も、自分はダメな子どもなんだと思うようになっています。

ある日、保健室で身長と体重の測定がありました。最後に保健室に入って来たのは、大吾でした。遅かったので、先生から注意を受けました。大吾は、保健室入口付近で脱がれた、みんなの上靴が乱れていたのを、丁寧に揃えていたのです。

その様子をだれも見ていませんでした。また、大吾もそのことを言いませんでした。

いらっしゃい！

「この調子なら、今年いっぱいで店をたたむしかないなぁ。」

康平の家は、商店街の中の八百屋です。祖父の代からの店ですが、近くにスーパーが出店して以来、店はピンチに陥っています。

夜、両親の話を、康平は隣の部屋の布団の中で聞いていました。小学生の康平は、店がどうなるのか心配でたまりませんでした。

明くる日の夕方です。学校から帰った康平は、運動会で使った鉢巻と家庭科の時間に作ったエプロンをつけて、店に出てきました。そして、いきなり叫び始めました。

「いらっしゃい！　いらっしゃい！　お父さんが、毎朝中央市場から仕入れている新鮮な野菜と果物ですよ。農家のおじさんから直接買った野菜もありますよ！」

それ以来、両親も踏ん張り、産地直送野菜を中心に八百屋を続けています。康平は、将来店を継ごうと思っています。

光るあんパン

「あのあんパン、丸々とふくらんでいて、ピカピカに光っていたなぁ。」

　庄司は、毎晩床《とこ》に入ってから、今日一日にあった小さな感動を思い起こすようにしています。他人から見れば、取り留めのないようなものですが、その感動の光景に浸りながら、寝入ってしまうこともあります。

　庄司のある日の感動は、駅構内のパン屋のあんパンでした。ショーウィンドウ越しに見たあんパンは、どれも張りがある膨らみをしていて、ライトを受け光り輝いていたのです。庄司は一瞬その場に立ち止まり、それを眺めてしまいました。

　明くる日、出社して、同僚たちにそのあんパンの話をしました。

「本当に大感動の光るあんパンやった！」

　すると、同僚たちから言われました。

「おまえさんは、人生を二倍楽しむことができて、羨ましいよ。」

タロとミーヤ

タロを散歩させているときでした。タロは草むらの中から、まだ歩けない子猫を運んできました。ミュウミュウと鳴く子猫を、タロは母猫のようになめてやりました。これが、犬のタロと猫のミーヤとの出会いでした。

ミーヤは、いつもタロと遊んだり、タロについて回ったりしました。タロの散歩のときも、ミーヤは一緒に行きたいと鳴くので、主人はミーヤを抱っこして出かけるのでした。

あれから、何年か経ちました。ある日を境に、老いたタロは立ち上がることが難しくなりました。そのようなタロの横に、いつもミーヤがいました。時々、ミーヤはタロの体をなめてやりました。そんな時、タロは弱々しくも、嬉しそうにクウーと鳴くのでした。

とうとうタロが逝ってしまいました。ミーヤはタロから離れようとしませんでした。
ミーヤは狭い隙間の所にも行き、今もタロを捜しています。

約束

健は中学校三年生の初めに転校してきました。健の特技はハーモニカでした。手の中に収まる小さなハーモニカで、少し古い歌謡曲をいつもみんなに聞かせていました。ひょうきんな健は、その時だけ真剣な顔つきでした。

その健が卒業式の日、「夏になったら山で野宿しよう！」と遼に約束を迫りました。遼も「絶対やで！」と健に迫り返しました。

健は、中学校を卒業と同時にクリーニング屋の店員になりました。しかし、約束の夏が来ないうちに、健の消息が分からなくなってしまいました。何か深刻なことや辛いことでもあったのでしょうか。

あれから五十年、健は今どこでどうしているのか、遼は時々思います。そして、今もあの約束が果たせることを待っています。

小さなハーモニカで、さまざまな懐メロを上手に奏でる六十半ばの男性がいたら、
それはきっと健に違いありません。

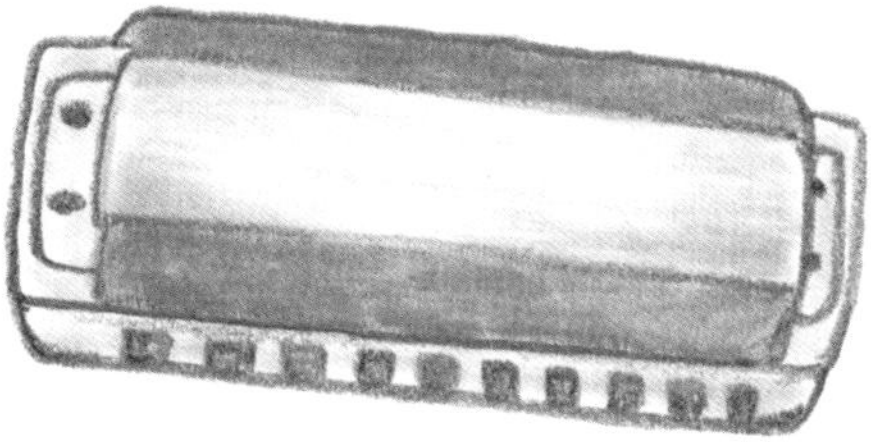

敗者の家族

プロボクシングの試合会場です。試合開始とともに湧き上がる熱気。リングでは、互いに譲らない伯仲戦が続きました。

その会場の一角に、小さな男の子とその母親がいました。二人は最初からずっと、「パパー！　パパー！」

と叫ぶような声援を送っていました。二人とも、胸の前で拳を固く握っていました。

第七ラウンド、A選手が繰り出すパンチが、S選手をとらえ始めました。S選手は防戦一方で、その回をどうにか持ちこたえました。次のラウンド、開始直後から、S選手は半ば棒立ち状態になってパンチを浴びました。男の子と母親の声援が悲鳴に変わりました。

S選手は何とか態勢を立て直そうとしましたが、強いボディブローを見舞われました。

S選手はマットに沈み込みました。

二人は泣きながら会場を去りました。会場はA選手への喝采で満ちていました。

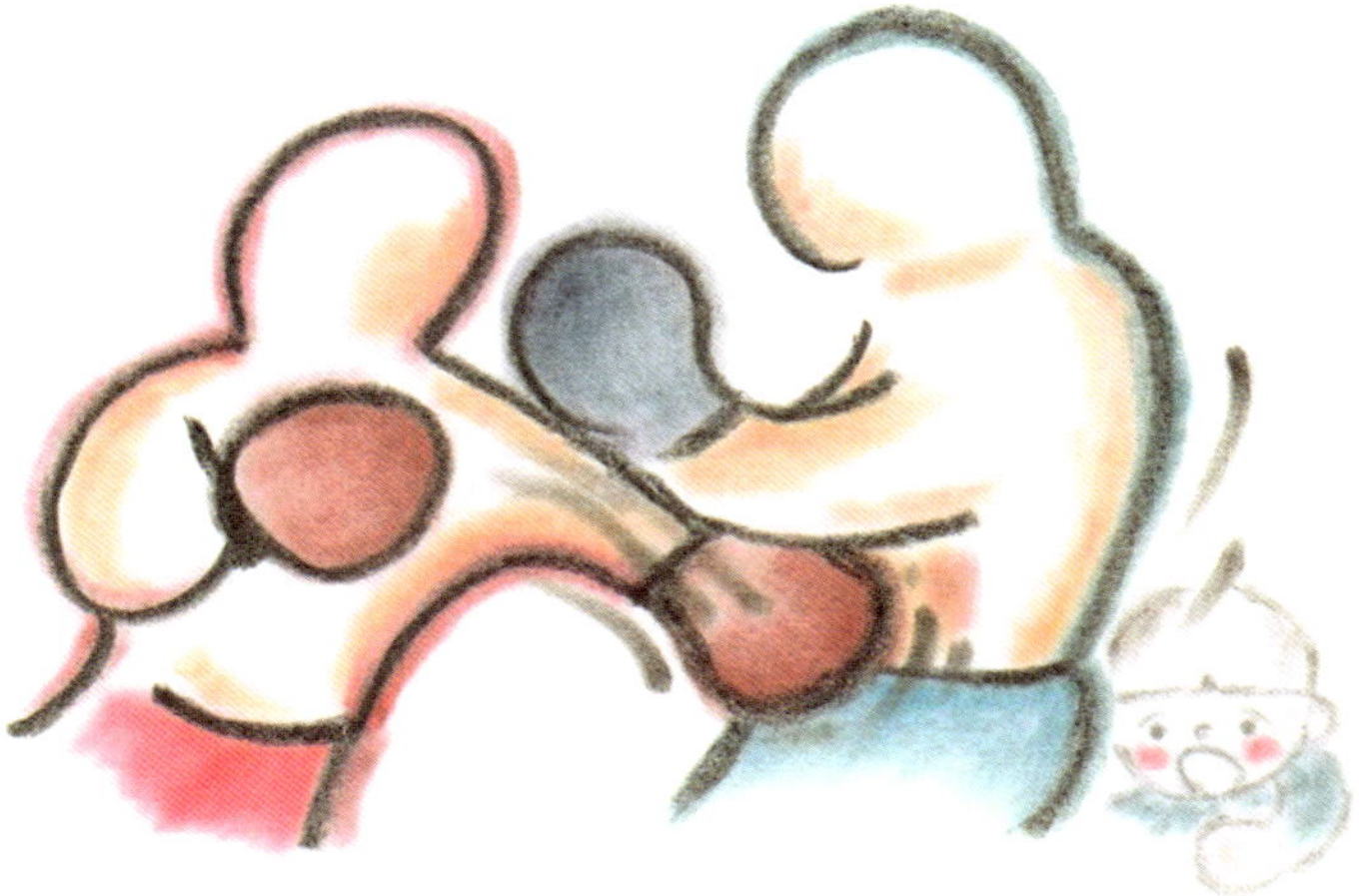

タイムトラベラー

最近開発されたタイムマシンに、史朗が乗り込みました。そのタイムマシンで、過去に戻ることができます。ただ、戻った過去の内容を修正したり、なかったことにしたりすることはできません。超立体画像を映し出すモニタードームで、過去を視聴するだけです。

史朗は、これまでの自分の過去の姿に満足したくて、わくわくしていました。戻りたい過去の様子を、ボタン操作だけで見ることができます。丸半日を経て、タイムマシンから出てきた史朗はうなだれていました。

史朗は自分の過去を、次々と見ていきました。すると、両親にもっと優しい言葉がけをすればよかった、妹や弟をもっと可愛がってあげればよかった、妻をもっといたわればよかった、そのようなことがよく見えてきました。自分の過去を修正できない悲しみに、史朗は心が締め付けられました。
史朗は未来を変えようと強く思いました。

泣き虫

三歳検診のとき、壮也は泣きながら、お医者さんに「ありがとう。」と言ったことがありました。その後も……。

苦手な短縄跳びを、泣きながら練習したことがありました。山登りで苦しくなってくると、休憩しないで泣きながら歩くこともありました。小さい時の壮也は、姉から「泣き虫、壮ちゃん」と呼ばれていました。

その壮也も頼もしく成長し、中学校駅伝大会では、アンカーになっています。大会が始まり、壮也の中学校は、少し遅れをとっていました。拍手の中、やっと、壮也にたすきが渡されました。

「このたすきに託されたチームの願いを自分が担うのだ。」と思うと、壮也の全身に大きな力が湧きました。壮也は懸命に走り続けました。次第に先頭走者に近づきました。とうとうゴール近くで追い抜き、優勝のテープを切りました。やはり壮也は泣いていました。

カボチャのサラダ

幼稚園児のひろちゃんには、得意料理があります。それは、カボチャのサラダです。

一口大に切ったカボチャを電子レンジでチン。それをスプーンの裏で粗つぶし。それに加糖ヨーグルトを1カップと、乾燥プルーンを細かく切ったものを混ぜて出来上がり。

今日、お母さんと誕生した赤ちゃんが、病院から家に帰ってきました。ひろちゃんは、お母さんのためにカボチャサラダを作ることにしました。ちょっぴり嫉妬している赤ちゃんに、「お姉ちゃんは料理ができるよ。」と言いたかったのもありました。お父さんにカボチャを切ってもらって、後はひろちゃんだけで作っていきました。

お母さんは、満面の笑顔で、「ひろちゃんのカボチャサラダはおいしい、おいしい。」と言って食べました。食べ終わって、お母さんはひろちゃんをぐっと抱きしめました。ひろちゃんは嬉しくて涙が出そうになりました。

ケヤキの下で

お宮の脇には、昔から人々を見守ってきたケヤキの大木があります。けさも学校へ通う元気な子どもたちを見送りました。

昭和の初めの頃だったでしょうか。

まだ、朝の薄暗い時でした。早紀と東京の学校に入学する孝男が、ケヤキの下まで来ました。孝男と早紀は将来結婚する相手は、この人しかいないとお互いに思っていました。

「お盆や正月には帰ってくるけれど、早紀さんには手紙をいっぱい書くからね。」

「孝男さん、東京では勉強だけに励んで、きっと立派な人になって、出世してね。

私は、いいなずけと結婚して幸せになるから。」

「えっ？　えっ！」

早紀にはいいなずけなどいません。孝男が勉学だけに励めるよう嘘をついたのです。

孝男を見送った早紀は、孝男が見えなくなると、ケヤキの根元に座り込んで泣き続けました。ケヤキだけが知っていたことです。

ただいま

『G線上のアリア』が静かに流れていました。葵は涙が出るのに、言葉は出ませんでした。葵は喫茶店で隆と会っていました。隆は葵の目を見ることなく、申し訳なさそうにぼそぼそと一方的に話すのでした。

隆が葵に結婚のプロポーズをしてから後、隆の態度が急に変わったのです。それは、隆の父親が経営する会社の取引先の娘と、隆との結婚話が出たためでした。それに対して、隆は葵に求婚したことを一切話さず、親の勢いのある言葉に従うことにしたのです。

隆と別れてから、葵は歩きながら思いました。あのような隆なら別れる方がよかった、隆は間違った相手だった、そう自分に言い聞かせると、先ほど流した涙が急に乾いてきました。心の傷は残りますが、足取りも軽くなりました。いつもどおりの元気な声で、葵は家の玄関のドアを開けました。

「ただいま!」

海外旅行

「飛行機はいやだ！　飛行機はいやだ！」
と言っていた初音さんが、東京に住んでいる息子に誘われて、初めての、そして最後になるかも知れない海外旅行に出かけました。息子は、これまでの親不孝の罪滅ぼしと、母親にも楽しい思い出をと、無理やりアメリカ旅行に、初音さんを誘ったのでした。

初音さんは、アメリカで見るものすべてが珍しく、感動の一週間を過ごすことができました。息子が一番心配していた初音さんの旅疲れは、これっぽっちも出ませんでした。

家に戻った初音さんは、会う人ごとにアメリカ旅行の話をするのでした。

「アメリカでは、ほら、こんな小さな子どもまでが、英語がぺらぺらだったなぁ。

やっぱり進んどる。けどな、犬だけは日本語で鳴いていたぞ。」

「へえ、でもよ、それは、前に日本に住んでいた犬ではないか、初音さん。」

嘘じゃなかった

妻の百合の病状について、稔は主治医から厳しい宣告を受けました。百合の病状が進めば、正月を迎えることも難しいとのことです。

稔はショックを隠し、とにかく百合を励まそうと笑顔で話すのでした。

「退院したら、お前が行きたいと言っていた上高地を歩こうよ。」

でも、百合は自分の病状と衰えを自覚していて、弱々しく、

「あなた、あなたにそのような嘘を言わせてごめんなさい。」

と、枕を濡らすのでした。

ところが、百合の病状が奇跡的に好転し始めたのです。主治医も驚くほどでした。

そして年明け早々に退院することができました。

新緑がまぶしい初夏の上高地を、稔と百合は歩いていました。

「あの時のあなたが上高地を歩こう と言った言葉、嘘じゃなかったのね。」

鬼っこ岩

川沿いの畑の一角に、周りの土地と不釣合いな岩が、一つポツンとあります。大ぶりの雄牛が正座しているような鬼っこ岩です。

なぜ、こんな所に岩があるのでしょうか。

「むかし、村を荒らし回る赤鬼がいてのう。そこで、村人たちは、山の麓の岩に鬼の好きな鰯を置き、その前に深い落とし穴を作って、鬼をつかまえようとしたんじゃ。作戦は成功。鬼は穴の底で泣きわめいておった。村人たちは、鬼を引き上げて優しく諭し、その岩に一晩だけ縛りつけることにしたんじゃ。

明くる朝、村人たちは、鬼を縛りつけた岩だけが、畑の真ん中に立っていたのを見てびっくりしたのじゃ。それればかりか、その岩を引きずってきた跡が溝になってのう、いつのまにか水が流れ出し、川になったのじゃ。それが今の岩川じゃ。それから、鬼は出なくなり、できた川は、日照りの夏も畑を守ったということじゃ。」

喪主

秀じいが子犬を抱えて、元じいの家を訪ねました。

「ほら、この子犬、可愛いだろう。小型の雑種犬だけんど、素性は折り紙つきさ。元さん、一人暮らしがさびしいだろうが。」

「でもさ、おれはもう犬は飼わないことにしたんだ。あの切ない気持ちをもう二度と味わいとうはないからな。」

元じいは、昨年、愛犬を亡くしたのです。

「何を言っているんだい。こいつよりも、元さんの方が先に逝ってしまうさ。こいつはこれから先、何年も生きるんだからな。元さんの喪主は、こいつが務めるさ。」

元じいは、それを言われて想像してみました。二代目タロウが自分の喪主として、みんなに頭を下げている。それも、楽しいことだなと、にこりとしました。

「秀さん、こいつを飼うよ。その代わりに、わしが死んだら、こいつを喪主に頼むよ。」

後悔

いつ、どこで覚えたのでしょうか。真紀さんは、「アイタ　ペアペア」とよく言います。太平洋夕ヒチの言葉で「気にしない気にしない」という意味だそうです。何かに失敗しても、真紀さんに「アイタ　ペアペア」と言われて、救われた人も随分います。

でも、その真紀さん自らが「アイタ　ペアペア」と言えない後悔をもっています。真紀さんが六つの時、父が出征することになりました。母と見送りに行った駅で、父は一時も惜しいように、真紀さんの頭や顔を撫でていました。しかし、父が列車に向かう時が来ました。大きな背中が進んで行きました。

けれど、悲しくて「お父ちゃん！」と背中に向かって叫ぶことができませんでした。あの時、叫んでいたら、きっと振り返った父の最後の笑顔を見ることができたはずです。

「なぜ思い切って叫ばなかったのだろう。」

真紀さんはそれを後悔し続けているのです。

笑い地蔵

町の外れの立派な枝垂れ桜と「笑い地蔵」を知っとるじゃろう?

昔、子どもがなかなかできない夫婦がおってのう。二人は毎日、お地蔵様に子どもが授かりますようにとお願いをしておったのじゃ。

ある日、二人が野良仕事をしての帰りのことじゃった。赤ん坊の笑い声が聞こえてきたのじゃ。それはのう、裸のまま手足をばたつかせながら、地蔵様を見上げて笑っている赤ん坊じゃった。その時、お地蔵様も笑っていなさったということじゃ。

それから、ずっと今もお地蔵様は笑っていなさる。

「おお寒いのに、よしよし。ほーら。お地蔵様が、わしらにこの男の子を授けてくださったのじゃ。お地蔵様、ありがたいことでございます。ありがたいことでございます。」

二人はお礼に、お地蔵様の側に枝垂れ桜の苗を植えたのじゃ。男の子はすくすく育ち、村人たちのために尽くしたということじゃ。

ラブレター

中学二年生の克也は、真剣に手紙を書いていました。それは初めてのラブレターでした。

相手は、一学年上の慶子です。慶子はとてもしっかりしていて、克也から見れば、すごくお姉さんに見えるのです。それが克也にはとても魅力的に思え、学校の廊下などで出会うと、胸がときめくのでした。

克也は、その思いを手紙に書き、慶子に手渡す決心をしたのです。

明くる朝、克也は登校中の慶子に手紙を渡し、全速力で学校をめざして走りました。

翌日、克也は慶子から、そっと封筒を手渡されました。授業中も部活動中も、その封筒のことを思うと心臓が高鳴りました。

帰宅して、すぐに封を切りました。何と、その封筒の中には、克也が慶子に手渡した手紙が入っていたのです。但し、間違った漢字や、字形の悪さなどが、すごく丁寧な赤字で訂正されていました。お礼のコメントも。

雨の日

紫陽花だけが元気な三日続きの雨。

大介、良子、壮太の三人が、教室の窓から運動場の水たまりをながめています。外遊びはできないし、教室でのけん玉遊びにも飽きたし、三人は、雨を恨めしく思っていました。

恨めしく思っているのは、それだけではありません。三月まで、大介たち二年生の担任だった、美咲先生の赤ちゃんを見に行く計画を立てていたのです。遠くに行くと分かると反対されるので、親には秘密の冒険です。

隣町に住んでいる先生の所まで、大介たちの足では、一時間ほどかかります。良子のおばあさんの家が、先生の家の近くにあるので、行き方は大丈夫です。ただ、雨の日に、それぞれが「外で遊んでくる」と言えないので、雨の日は先生の所へは行けないのです。

美咲先生の赤ちゃんだから、きっと可愛いんだろうな、先生にも早く会いたいなあ、と三人は明日の晴れを祈っていました。

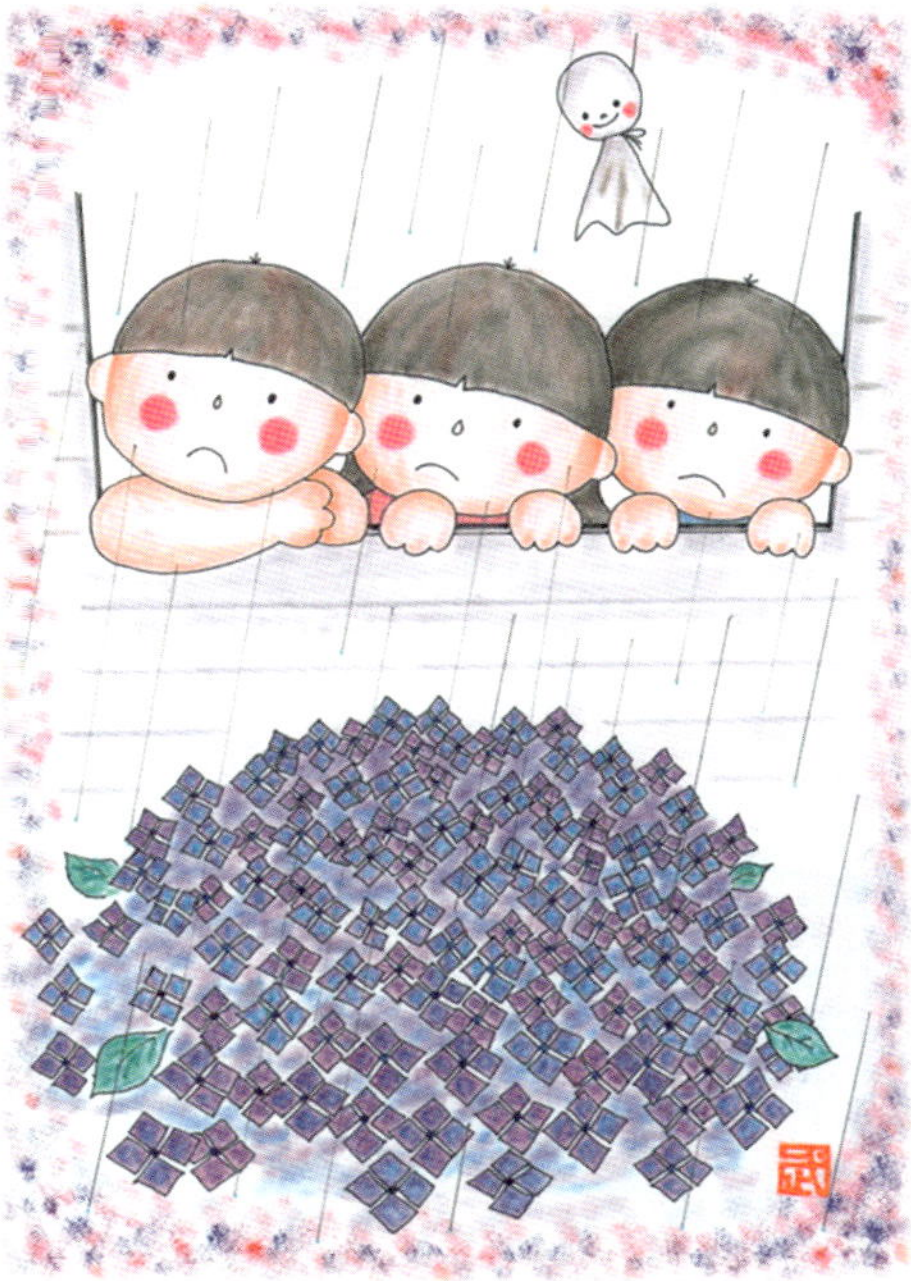

不動明王

不動明王は諸悪を払います。瑞江は、その不動明王の姿を、分厚い板に彫り続けていました。そして、ある夜、やっと憤怒の不動明王のレリーフ像ができあがりました。明日はこれを病室に、と思った矢先、病院から電話が入りました。瑞江は、不動明王のレリーフ像をかかえて、病院に飛び込みました。

瑞江の弟の雅之は今年五十です。胃ガンから転移した多臓器のガンで入院しています。

瑞江と雅之は、早くに両親と死別し、この地で材木店を営む祖父母の下で育ちました。小さい時から二人はいつもお互いをかばい合っていました。祖父の亡き後は、雅之が材木店を継ぎ、瑞江が事務を執ってきました。二人で細々であっても堅実に店を営んできました。

雅之はまるで瑞江を待っていたかのように、安らかに息を引き取りました。
不動明王は雅之のガンの苦しみだけは払ってくれたと、瑞江は涙を流し続けました。

不動明王

ひまわり

高校生の舞子と悠は大の仲良しです。

その悠は、女優のような顔立ちです。男子生徒からも憧れの目で見られています。そのような悠を、舞子はいつも羨ましく思っています。あるとき、舞子は母親に尋ねました。

「お母さん、なんで悠のように美人に産んでくれへんかったん。」

「悠ちゃんに比べたら、大概の子は負けてしまうんとちゃう。でもな舞子、舞子は十分に可愛いで。名まえも、字がちゃうけど、京の舞妓さんや。第一、お母ちゃんの子やから。舞子、大事なことは表情。表情美人やで。

表情美人というのはな、いつも笑顔のええ顔や。表情がええというのは、心がようなかったらあかんねん。表情美人は、周りの人も幸せにするんやで。ニコニコ顔のひまわりの花のようにな。」
それを聞いて、舞子は、ひまわりの花のような美人になろうと思ったのでした。

朗読

小学校三年生の武彦は、教科書の朗読が大の苦手です。指名されませんようにと祈っている時に限り、朗読を指名されるのです。今日もそうでした。

ただ、今日は一度もつかえたり、読み間違ったりはしませんでした。朗読を終え、武彦は悦に入った気分になりました。その時です。

「もう少ししっかり読もうね。」

と先生から言われました。そして、座ると隣席の修が、小声で武彦に言いました。

「武彦、わざと無茶苦茶に読んだんか。」

武彦は、自分では最高の朗読だったと思っていたのですが、「そう。」と言ってしまいました。でも、武彦は、自分の朗読のどこが悪かったのか、分からずじまいでした。

その武彦が、今では小学校の教壇に立ち、国語の時間に示範読みをしたり、朗読で気を付けなければいけないことを、子どもたちに考えさせたりしているのです。

もういいよ

直は、物心がつくようになった頃から、祖父母一家の家で暮らしています。

しかし、毎晩、直の部屋に母親が来て、今日の出来事を直から聞き、直が寝付くまで体をさすっています。朝も、直の部屋に来て、優しく直を起こしてすぐに帰ります。

祖父母は、直のことを不憫に思っているのですが、直自身は、みんなが自分を可愛がってくれる上に、毎日お母さんに会えるので、さびしいと思ったことはありませんでした。

今日は、直の入学式です。朝、枕元に来たお母さんが、嬉しそうに言いました。

「直ちゃん、入学おめでとう！」

でも、すぐに寂しげな顔になりました。

「ごめんね。入学式に行けなくて。」

「お母さん、いいよ。ぼくもう小学生だよ。お母さんは早く天国に戻ってよ。お父さんがずっと待っているよ。もう来なくていいよ。強い小学生になるよ。だから、お母さん。」

横浜で

それは、私がいつか行きたいと思っていた、横浜の旅でのことでした。

山手イタリア山庭園「外交官の家」の外階段に座り、遠くを眺めている白髪の老人がいました。目が合い、軽く会釈をしました。山手の道を歩き、ベーリック邸でも、二階の窓から外を眺めている彼と会いました。そして、「港の見える丘公園」でも、また彼と会いました。彼はにこりとして、思いがけず私に話しかけてきました。

「お嬢さんは、一人旅ですか。横浜はいいでしょう? 私は、時々、横浜に過去を拾い集めに来るんですよ。それらは、懐かしく、楽しく、輝いているんですよ。お嬢さんが、今度横浜に来るときは、ぜひ恋人といらっしゃい。すばらしい過去になりますよ。」

彼の表情から、横浜での彼の素敵な過去を、私は想像するのでした。

山手イタリア山庭園・外交官の家とベーリック邸

黒ひげ先生

今年還暦を迎えた黒ひげ先生は、町の医院の先生です。「朝倉先生」なのですが、堂々とした黒いあごひげを蓄えているので、みんなから「黒ひげ先生」と呼ばれています。

黒ひげ先生は、患者を前にいつもこんなふうに、問診を始めるのです。

「今日はなんの病気になりました？」

患者も慣れたもので、思うことを答えます。

「胃炎と思う……かな。」

「胃炎か。胃炎と思う症状は？」

そして、患者の言う病名と症状が一致し、触診などからもそれにほぼ間違いがないと分かれば、ちょっと患者を驚かせるのです。首をかしげ、「うむー」と心配顔をするのです。

「司郎さんは、自分で胃炎と思っているがねぇ。司郎さんも歳が歳だしなぁ。」

「黒ひげ先生よ、わしはそしたら胃ガン？」

「いやいや、司郎さんの言うとおり、単なる胃炎だよ、胃炎。胃ガンとはイエンよ。」

笹飾り

今日子が小学校五年生になった春、もともと病弱だった母親が肺炎で亡くなりました。しばらくは沈み込んでいた今日子でしたが、母親のことを忘れたかのように、元の明るい女の子に戻り、母親がしていたことを、子どもなりに一生懸命にやっています。

洗濯や洗濯物の取り入れ、食事の準備と片付け、お茶の用意、部屋の掃除。父親の宗治の風呂上がりには、下着を用意します。宗治は、そのような今日子のようすを人に語る時、いつも目頭を熱くするのでした。

六月末の日曜日、今日子の学習参観がありました。宗治は店を休みにし、小学校へ出かけました。小学校の玄関には、学年ごとの七夕の笹飾りがありました。五年生の笹飾りを眺めていた宗治は、「おかあさん」とだけ大きな字で書かれた赤い短冊を見つけました。
宗治は、その筆跡から、それが今日子の短冊であることが分かりました。

トゲトゲ

わしは、「トゲトゲ」と呼ばれている昆虫なんだ。難しく言えば、カブトムシの親父さんと同じコウチュウ目《もく》の仲間で、その中のハムシ科に入れられているんだ。名まえだけ聞けば、虫だか花だかちっとも分からないだろう？

わしらの仲間で、トゲのない連中が見つかり、そいつらは「トゲナシトゲトゲ」と名付けられたよ。

ところがだ。そいつらの仲間で、今度はトゲのあるやつが見つかってのぉ。「トゲアリトゲナシトゲトゲ」と名付けられたよ。漢字で書いたら、「棘有棘無棘棘」だぜ。見ただけで、目にトゲが刺さりそうだろうが。

この前、そのトゲアリトゲナシトゲトゲの連中に会ったら、こんなことを言って、余計な心配をしていたぜ。

「今度、わしらの仲間でトゲのないやつが見つかったら、やつらは『トゲナシトゲアリトゲナシトゲトゲ』になるのかって。」

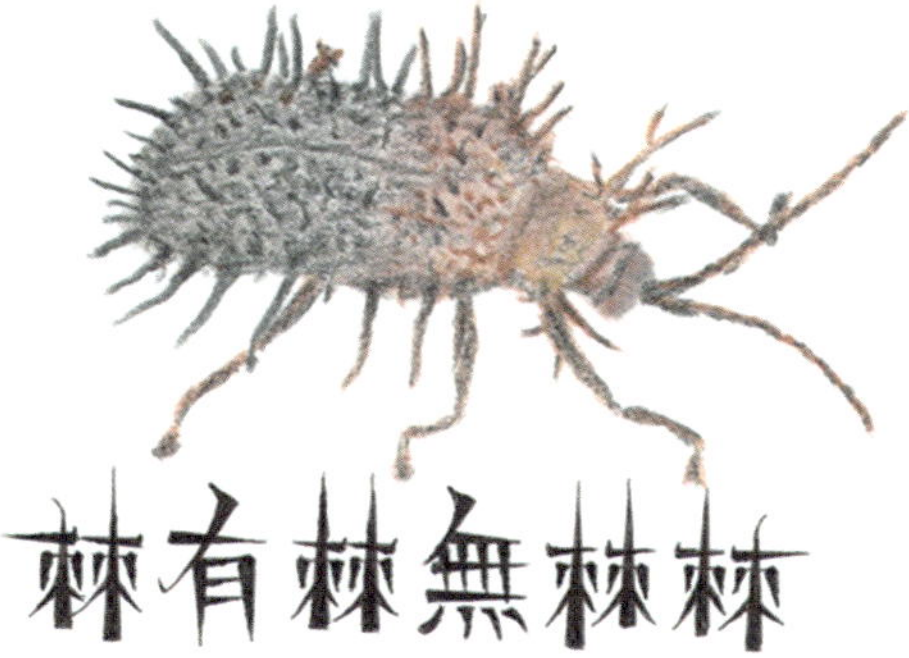

幸せになるために出会う

純次の先妻は、中学生の娘、玲を残して亡くなりました。玲を抱えて何とか過ごしていた時、今の妻の美枝と知り合いになりました。

年月が経ち、玲の結婚式では、玲は美枝の心優しさや美枝に対する感謝の気持ちを、涙ながらに話すのでした。

その結婚式を終えた夜のことです。美枝は神妙な顔をして、純次の前に座りました。

「二人の大切な玲を独立させることができました。だから、私を離縁してください。私は、結婚前の私の過去を、あなたに一切明かしませんでした。私は醜い嘘つきです。でも、私は三人で過ごせて、とても幸せでした。」

「何を言うんだ馬鹿！　過去を暴いてだれも幸せにならないように、過去を打ち明けて幸せにもなれないさ。俺と美枝は幸せになるために出会ったんだよ。長い間、苦しんできたんだね。何も言わなくていいんだよ。」

純次は美枝の手を握りしめました。

霊の話

「それで」「それで」「それで」

良、幸也、純の三人組が、伝じいの昔話を聞くとき、まるで機械仕掛けのように、順番に声を出していくのです。

「今日は、霊の話でもしようか。」

「怖いの?」「怖いの?」「怖いの?」

と例によって、良から順に聞いてきました。

「三人も知ってる黒森池のそばに、むかし一軒の小屋があってのぉ。その小屋に雪のように肌の白い娘が一人住んでおったなぁ。

ある年、その娘が植えたスモモの木が、初めて血のように赤い実を四つつけたんじゃ。ある生暖かい風が吹く夜、娘はその実を四つもぎ、一つ食べー、二つ食べー、三つ食べ―、口の中をまるで血のような色に染めて、最後の四つ目を食べたのじゃ。その時だっ！」

「その時だっ」に驚いて「わあっ」と叫んだ三人は後ろへ転げてしまいました。

「スモモの数は『零』になったんじゃ。」

お父さんだけだったの

最近、彼氏ができた娘の真奈が、お父さんに尋ねました。

「お父さん、お父さんはなぜお母さんと結婚したの？」

娘に話すのは照れくさいと思いながら、お父さんは口を開きました。

「お母さんは可愛くてね。いろんな仕草がすごく可愛かったよ。お父さんに親切で、控えめで、それでいて、芯はしっかりとしていてね。そんなところに惚れていたのかな。今では、残念ながらお母さんはすごく変わったよ。真奈には、お母さんの若い頃のようすが、想像もつかないと思うけどなぁ。」

ある日、真奈はお母さんとの買い物道で、お父さんに尋ねたことを、お母さんにも聞きました。お母さんは、にこりとして答えました。

「お母さんの周りには、素敵な男性がいっぱいいたの、本当。でもね、だますことができたのは、お父さんだけだったの。」

ノンブレム社

当時最高の脳科学知見と情報通信技術を駆使し、会員の不幸感や不快感を消し、それを幸せ感に変える。それを行うノンブレム社という企業が、二十一世紀にありました。

会員は、どこででも、ノンブレム社の特殊ヘルメットを被ると、脳の不快感情部位と幸福感情部位に特別な電流が作用し、幸せ感に浸ることができました。

当時のストレス社会の中で、爆発的に世界中に増えた会員でしたが、その後、火が消えたように会員が激減したそうです。現在では多くの人々からその名も忘れられています。

世界中の科学者や哲学者、宗教家から科学技術の間違った利用であるとの指摘があったからでした。犯罪を助長するとの指摘も。

そして、何よりも、本当の幸せ感は、人と人とのふれ合いや自然との関わりの中で得られること、自己実現を果たした中で得られることなどを、人々が改めて知ったからでした。

はくちょう座アルビレオ

「あっ、オレンジ色の星と青い星。わぁきれいだ！　まるで空の宝石！」

「素敵なたとえだね。あの宮沢賢治と同じたとえだよ。その星はアルビレオと言って、夜空の宝石と言われているんだよ。みんなは宮沢賢治の『銀河鉄道の夜』の物語を知っているだろう。その中で、賢治はこの二つの星を、輪になって回る宝石のトパーズとサファイアだとたとえているよ。」

「へえ、宮沢賢治も、アルビレオをどこかで見たんだね。」

はくちょう座のハクチョウのくちばしの星を、望遠鏡で見た子どもたちと、小学校の先生だった卓さんとの会話です。卓さんはこのようにして、時々、天体望遠鏡を広場に持ち出し、近所の子どもたちを遥かな宇宙の彼方へいざなっているのです。

今夜は満天の星が降り注ぐ夜です。子どもたちの目も、星のように輝いています。

はくちょう座アルビレオ

写真に向かって

「あんた、聞いているの？」

「……」

「いつもこうなんだから。」

「聞いてるよ。お前は一つの話が長いんだよ。枝葉が多過ぎる。」

二人の夫婦の会話は、いつもこんな具合で、女房の喜子の一方的な話しかけだけで、会話が成り立っていませんでした。

喜子が急逝してからは、亭主の政じいが一人きりになったため、家の中の話し声というのは、テレビからの声だけになってしまいました。

しかし、政じいが盛んに話している時があるのです。買い物を済ませて帰ってきた時です。仏壇の中に置いてある喜子の写真に向かって、正座をして話しかけるのです。

「今日は、アジの干物が安かった。ティッシュペーパーが特価だったので、それも買ったよ。すまんがついでに酒もな。」

裏と表

小学校二年生の夏ちゃんは、漢字が得意です。一年生のときから漢字に興味をもち始め、小学生漢字辞典を見て、今では上の学年で習う漢字まで、読み書きできるようになっています。だから、担任の先生や周りの友だちから「漢字博士」と呼ばれています。

ある日、漢字の「裏」を見ていて、夏ちゃんは大発見をしました。

「お母さん、ぼく大発見したよ。この裏という漢字、よく見ると、裏なのに表という漢字が隠れているよ。ほらよく見て。」

そう言って、紙に大きく「裏」を書きました。そして、隠れている「表」の部分を赤鉛筆でなぞりました。

「へぇ、夏ちゃん、本当に大発見。お母さんも初めて知ったわ。さすが漢字博士！

裏を見せても表を隠せないのね。」
その後、お母さんも、「辛」に「一」を加えると、「幸」になることを見つけました。

ままこのしりぬぐい

松治は、来春小学校に入学する孫の早苗との散歩を楽しみにしています。早苗も松治によく懐《なつ》いています。今日も川の土手を二人で歩いています。

早苗は、一年前、急に松治の孫になりました。娘の結婚相手の子どもです。早苗の実の母親は、早苗が三歳の時、急逝したのでした。

「じいちゃん、小さい花がいっぱい咲いているよ。小さなとげがいっぱいあるけど、可愛い花だね。」

「ほんとだ。あの花の名はね、ママコノシリヌグイと言うんだよ。」

「変な名まえだね、じいちゃん。」

早苗はそれを言うと、気が移って違う花を見つけ、そちらの方へ行きました。

松治は、早苗の気が移ったので、胸を撫で下ろしました。「継母がとげのある葉や茎で継子《まま こ》の尻を拭う」という意味を話さずに済んだからです。

眠り地蔵さま

昔この村に祀られたお地蔵さまは、山桜があまりにもきれいなもんで、うっとりとされておったなぁ。ところが、うっとりされ過ぎてのぉ、座り込んでそのまま気持ちよくお眠りなさった。

それが、あの高台の「眠り地蔵さま」じゃ。

ところがのぉ、眠り地蔵さまは寝てばっかりではないんじゃ。ある時、川で溺れた子どもがいてのぉ、誰か知らんがその子を助けに来て、その子は川岸に寝かされていたんじゃ。その時、眠り地蔵さまは、居眠りした格好のままじゃったが、川の方を向いてなさった。また、木こりのおとっつぁんに弁当を届ける道で、その木こりの幼い娘が大けがをしたな。その時も誰か知らん者が来て、その子を手当てして消えたな。その時、眠り地蔵さまは、山の方を向いてなさった。

村人はみんな、それは眠り地蔵さまの化身《けしん》だと、ありがたく思ったものじゃった。

人のふり見て我がふり直せ

小学校一年生の孝太が、大きなランドセルを揺らし、節《ふし》をつけて「ひとぉーのふり見て我がふり直せ」と、歌うように繰り返し言いながら、学校に向かっていました。

庭仕事をしていた大作さんが尋ねました。

「孝ちゃん、おはよう。むずかしい言葉を知ってるなぁ。だれに教えてもらったの？」

「あっ、おじちゃん、おはようございます。おじいちゃんに教えてもらったの。」

「孝ちゃんは、その意味知っているの？」

「うん、知ってるよ。人がしていることを見て、よくないことだったら、それをまねしないこと。」

「えらいなぁ。でも、孝ちゃんにも、そのようなことがあるの？」

「あるよ。食べ過ぎ飲み過ぎ。父ちゃんがいつも母ちゃんに言われてる。食べ過ぎ飲み過ぎで肥《こ》えたって。だから、ぼくは、食べ過ぎ飲み過ぎをしないようにするんだよ。」

定期演奏会

「どうか、二人の命を、命を生かしてください！　先生！　お願いです！　先生！」

幸子、幸一の双子の姉弟は、第一高等学校の吹奏楽部員です。今日、その吹奏楽部が、市民ホールで定期演奏会を開きます。三年生の二人にとっては、最後の定期演奏会です。

日頃はジャズナンバーを主に披露している幸子たちの吹奏楽部ですが、今回の第一ステージは、美空ひばりと坂本九のヒット曲を、数曲ずつつなぐメドレーのプログラムを用意しています。その中の『川の流れのように』では、幸子のフルート独奏の部分があります。また、『見上げてごらん夜の星を』では、幸一のトランペット独奏の部分があります。

第一ステージが開幕しました。母親は、幸子、幸一を誇らしげに見ていました。

しかし、二人が超未熟児として生まれてきたことや、これまでのことを思い返すと、ハンカチを濡らさずにはおられませんでした。

友だちやもん

彩は、動作が鈍い、学習理解が遅いというだけで、いじめの標的にされていました。物陰で涙を拭くこともありました。

転任早々の裕子が、彩のいる六年生の学級担任になりました。前担任の話の通り、彩が嫌がらせを受けることがありました。

学級づくりのスタートは、この状況をなくすことと考え、裕子は学級の話し合いを持ちました。一部男子から、のろいのが迷惑という声が上がりました。それに対して何人かの女子から、「彩さんはとても優しいです。」「彩さんはいつでも、だれにも親切です。」などという意見が出ました。

その時、彩のつぶやくような声が、みんなを黙らせ、それぞれの心に響きました。

「みんな、私の友だちやもん……」

裕子は声をつまらせながら、「彩さんが口惜しさや悲しみの涙を流した分、みんなに優しいの。」と話すのが精一杯でした。

虹

夕方、地面を叩きつけるような夕立がありました。夕立が止んで、公園で雨宿りをしていた和也が、走って帰ってきました。

「綾、虹！　大きな虹が出てるよ！」

その声に、妹の綾が急いで外に出ました。

すべてを包み込むような大きな虹でした。

父親も店の仕事の手を休めて、外に出ました。久しぶりに見る虹でした。いや、虹が出ていても、それを見る余裕がなかったのかも知れません。子どもたちに目をやると、二人が虹に向かって、両手を合わせていました。

「虹にお祈りすると、何か願いが叶うの？　いったい、何をお祈りしていたの？」

「それは、お父さんには、ひ・み・つ。」と和也。でも、幼い綾が、秘密のお祈り

をばらしました。
「あのね、あのね、パパ。愛子さんが、パパのお嫁さんになったらいいのにって、お兄ちゃんとお祈りしていたの。」

子犬のクロ

智ちゃんは、学校の帰り道、いつもペットショップのショーウィンドウに顔を寄せて、子犬たちを見ています。

ところが、今日の智ちゃんは、涙を手でぬぐっていました。その姿に店のおじさんが気づき、外に出てきました。

「お嬢ちゃん、どうしたの？」

「クロがいないの。どこかへ行ったの？」

クロというのは、智ちゃんが勝手に名をつけた、右耳が少し黒い柴犬の子どもでした。

「クロは、みんなと別れてさびしくない？　私、もうクロと会えないの？」

「お嬢ちゃんは、優しい子だね。この近くのおじさんとおばさんのおうちに行ったんだよ。とても犬好きのお二人だから、すごく可愛がってもらえるよ。散歩のとき、会えるかも知れないよ。クロもお嬢ちゃんの顔を覚えているよ。きっと。」

「ほんと？　わぁーうれしいな！」

抹茶碗

神棚に抹茶碗が大切に供えられています。母が、割れを接着剤で修復した抹茶碗です。

清志は躊躇《ちゅうちょ》しながら、久しぶりに玄関口に立ちました。思い切って玄関戸を開けると、母が出てきました。母は一瞬たじろぎの様子を見せて言いました。

「どちら様ですか。うちの息子にご用なら、息子はもう八年も行方不明のままで、生死も分からずじまいです。自分探しをしたいという手紙を置いてそのままです。そんなわけですから、どうかお引き取りください。」

清志は、何も言うことができず、突っ立っていました。母はその清志を押して外に出そうとしました。その瞬間です。

母は、清志の体を強く抱きしめ、ただただ嗚咽《おえつ》するのでした。そのとき、清志は

抹茶碗

母のために作った抹茶碗を落としてしまいました。
清志は自分に合ったことを見つけ、京都の陶芸窯元で修行を続けているのでした。

さくらんぼ

ボーカルの由紀が町で交通事故。村のバンド仲間の元に連絡が入りました。

完治は、由紀に秘かに思いを寄せていました。だから、すぐにでも町の病院に駆けつけたいと思っていました。そこへ、何人かのバンド仲間が、夕方、みんなで由紀のお見舞いに行こうと誘いに来ました。

ところが、完治は申し訳なさそうに、

「今日一日、用事があって……すまない。お大事にと由紀ちゃんに言っといてくれや。」

と言ってしまいました。

夕方、バンド仲間は、病院の由紀を訪ねました。幸い、由紀のけがは軽く、念のための検査入院でした。

「完ちゃんは、今日は用事があるって。」

「えっ、完ちゃんなら、さっきまで長い間、ずっとここにいてくれていたよ。」

由紀のベッドの傍らには、完治が摘んできたさくらんぼがありました。

図鑑と違う

彼の仲間は、かつて活躍していたのですが、今の彼らには活躍の場がなくなっています。

このままでは、世の中から自分たちのことが忘れられ、伝説上のものになってしまうと、彼は心配し続けて、もう何十年となります。

そこで、彼は意を決し、今一度、活躍しようと行動に移しました。自分たちの存在を知らしめるには、すべてが近代的になっている都会がいいだろう、と考えました。

ただ、都会の道は、自分の姿がはばかられるようで、びくびくして歩きました。でも、だれ一人として、彼には気が付きませんでした。そして、ある家に入りました。

男の子が、ゲームに興じていました。

「こんばんは。」

「おじさんは、いったいだれ？」

「妖怪の『油すまし』だよ。」

「うそだ、うそだ。おじさんの姿、妖怪電子図鑑の『油すまし』の絵と違うよ。」

幽霊

「本当に見たんだよ。本当に！」

「狐にだまされたんじゃないかい？」

「畑の一角がぼぉーっと青白く光り、その光の中に髪を結《ゆ》った女の人が座っていたんだよ。あれは、確かに女の人影だった！」

「あんた、熱があるんじゃないか？」

ついさっき、昭三が夜道で女の人の幽霊を見たというのです。その話に、女房のマサは、笑うばかりでした。

しかし、床《とこ》に入ったマサは、幽霊話を思い出しました。マサは本当に幽霊がいて、自分の前に現れてくれないかと思ったのです。但し、その幽霊は、若き日の明夫です。

昭三には内緒ですが、マサは実家の隣にいた明夫に憧れていたのです。その明夫は山で滑落死したのです。二十歳でした。

「幽霊姿でいいから……」と思いながら、マサは眠ってしまいました。そして、その夜、明夫でなく昭三と孫の楽しい夢を見ました。

星明かりの動物園

星明かりだけの動物園です。私は園内を見回っていました。大勢の子どもたちが、にこにこしながらゾウの柵の前にいます。ゾウは愛おしいように子どもたちを見て、長い鼻を上げ下げしています。ライオンの檻の前もそうでした。ライオンも、愛おしいように子どもたちを見て、前脚を持ち上げています。

そのような光景が、園内のどの檻の前でもありました。でも、子どもたちの体も、動物たちの体も透《す》けて見えます。聞こえてくるはずの子どもたちの歓声も、動物たちの喜びの鳴き声も聞こえてきません。

それは、一度も動物園へ行くことなく、戦争で亡くなった子どもたちでした。そして、戦時下、檻や柵が空襲で壊れ、猛獣が逃げることがないよう殺処分された動物たちでした。

私は後ろに立って、平和を祈り、子どもたちと動物たちの交流を、涙して見ることしかできませんでした。

化粧

真知子は、両目の網膜剥離で、完全に視力を失いました。真知子は落胆から立ち直っていますが、失明以来、化粧をしなくなりました。そのような真知子に、娘の梨絵が化粧をしてあげるようになりました。

しかし、真知子には困ったことがありました。外では泣けないことです。化粧が落ちてしまったら、自分で直せないからです。

梨絵の結婚式の朝です。その日も、真知子は梨絵に化粧をしてもらいました。真知子は、梨絵の花嫁姿を見ることができないことを思うと、泣きそうになりましたが、それはどうにかこらえることができました。

披露宴の最後に、梨絵が両親への感謝の手紙を読みました。真知子は、あふれる涙を止めることができませんでした。化粧はすっかり崩れてしまいました。

その後、真知子はブラインドメイクを習い、一人で化粧ができるようになりました。

将棋

ここ数日の雪で、世界は銀色に変わりました。そのような中を、仁さんが喜々として、雄さんの家へ向かっていました。そして、雄さんの家に着くなり、開口一番、

「雄さん、うちの孫、天才棋士だよ！」

二人は、子ども時代からのへぼ将棋友だちなのです。

仁さんは、孫で小学校二年生の典子が、「将棋って、おもしろい？」と聞いてきたので、将棋のやり方を教えたのです。

何もかも初めての典子が、駒の名まえや進み方などを一通りのみ込んだところで、仁さんと典子の対局となりました。ところが、典子は仁さんを負かしてしまったのです。

「そんで仁さんは、油断をしたのかい？」

「いいや、なんにも。だから、天才よ。」

「そりゃ、仁さんが弱過ぎたんだよ。いやね、わしも以前に、孫に負かされたことがあったんだよ。」

行ったらあかん

小学校一年生のノンちゃんが、最近いたずらばかりするようになりました。今日も、友だちにいたずらをしました。お母さんは、今日こそ、ノンちゃんを懲らしめようと、

「いたずらをするノンちゃんとは、一緒に住めません。お母さんは出て行きます。」

と言って、大きなスーツケースを引っ張り出し、家出の真似の支度をしました。

その様子を見て、ノンちゃんは、平然とお母さんに手紙を書きました。

『おかあさん、いままでありがとう。すむところがきまったらおしえてね。あえなくなるけど、げんきでいてね。』

お母さんは呆れてしまいました。そして、家出の真似を断行すべく、玄関を出て行きました。と、大声が響いてきました。

「行ったらあかん！　いたずらせえへん！　ノンちゃんと楽しく暮らそー！　行ったらあかん！　ワァーッ！　ヴァーッ！！！」

別れ

中学二年を迎える春休み、幸が転校することになりました。幸は、同じ吹奏楽部の良也にそのことを話しました。幸と良也は、小学校から、クラスもずっと一緒でした。

「幸、泣かなくてもいいよ。向こうの中学校でも、きっといいことがあるよ。幸ならすぐに友だちもできるし、都会の中学校だから、吹奏楽部もあるよ。得意のフルートも活かせて活躍できるよ。」

町の船着き場には、たくさんの人たちが、幸の家族を見送りに来ていました。見送りのときも、良也は幸を励ましていました。良也は出港した船を、波止《はと》の先まで走って追いかけて行きました。そして、大きく手を振り続けました。幸もハンカチを振り続けました。

でも、船が小さくなり、振っていた腕を下げた途端、良也の目からは、堰を切ったように涙があふれてきました。岬の先で、幸を乗せた船が汽笛を鳴らしました。

夢の中の夢

昨夜の雨も止み、白樺やカラマツの若葉が朝日に光っていました。小鳥の声も、いつもより澄んで聞こえるようでした。私は、立ち止まっては、木の香りがする空気を深呼吸しながら、散歩をしていました。ビオラの音楽が、ゆったりと流れるような朝の時間でした。

私の夢の信州暮らしから、ちょうど一年が経ちました。厳しいと聞かされていた冬も、寒さや雪を自然の営みの一つであるととらえ、結構楽しく過ごすことができました。そして、何よりも、雪をいただいた真っ白な北アルプスの山並みに、明るい光が満ちる春を迎える喜びは、何物にも代え難いものでした。

その散歩中、子犬が寄ってきました。頭を撫でると、その子犬が急に大きくなりました。

びっくりした瞬間、目が覚めました。信州暮らしは、夢の中の夢でした。
私は今日も、満員電車に揺られ、都会の雑踏を歩いて出勤をしています。

春と夏の信州

結婚記念日

早く帰るからと言って出勤した幸吉ですが、いつになっても帰ってきません。帰りが遅くなるとの連絡も入りません。女房の彩子は怒り出しました。玄関の鍵を閉めた上、防犯ロックを掛けました。縁側の雨戸も窓もしっかり閉めました。

今日は幸吉と彩子の結婚記念日でした。彩子は豪華な夕食も用意していました。

「真菜、もう今夜は寝なさい。お父さんが帰ってきても家の中に入れないからっ！」

娘の真菜は、お父さんが家に入ることができなかったらどうしようと、心配でたまりませんでした。

明くる朝、台所のまな板の音に真菜が目を覚ますと、なぜかいつもの所で、いつものようにして、幸吉が寝ていました。真菜は何度も首をひねりました。

彩子の鏡台の前に、花飾りがついた、赤いリボンの小さなきれいな箱がありました。

極楽で

弥平さんは、誰に対しても優しく接するおじいさんです。人を疑うこともしませんし、人を悪く言うこともありません。

そのような弥平さんですので、これまで人にうまく利用されたり、騙されたりしたことが山ほどありました。しかし、弥平さんは、「運が悪かっただけ」と考え、相手を攻撃することはありませんでした。それよりも、どのような人であっても、その人との関わりを大切にし、自分の友だちと思うのでした。

その弥平さんが、体力的にも弱り、寝込むようになりました。でも、このままあの世に行っても、そこで友だちに会えるのは、楽しいかも知れないと思うようになりました。

弥平さんが亡くなり、極楽に行きました。極楽の里で、新しく知り合った人たち

と楽しく暮らしながら、先に逝った友だちを捜しました。しかし、どうしたことか、
下界での友だちは誰一人いませんでした。

つもり貯金

高校生の真緒は、「つもり貯金」をしています。お菓子を買ったつもりで貯金。小物を買ったつもりで貯金。友だちと遊びに行った時も、食事を少し節約して、その分を貯金。中学生の弟も、真緒の話を聞いて、その仲間に入りました。

貯金箱が随分重くなってきました。

真緒の母親は、離婚後一人で真緒とその弟を育てています。母親は朝からパン屋で働き、夜は、汗を流してスーパーの掃除仕事をしています。真緒たちの服や持ち物が傷んだり古くなったりするとすぐに買うのに、自分の服や持ち物は古くなったままでした。

そのような母親のために、真緒たちは「つもり貯金」をしているのでした。

真緒は、洋服店で明るい色のカーディガンを買いました。洋服店の店主が、いつぱいの硬貨を見て、真緒に事情を尋ねました。そして、綺麗なハンカチをおまけしてくれました。

イチョウの葉

イチョウの葉が一枚、縁側近くの庭に落ちていました。辺りにイチョウの木はなく、どこから飛んで来たのでしょう。

「おーい、みんな。こんなに黄金色になったし、空いっぱい晴れ渡った今日あたり、みんなで飛び立ってみないか。」

ひとしきり強い風がイチョウの木に吹き寄せました。一斉にイチョウの葉が舞い上がりました。それは、大空に群れて飛び立った金色の小鳥たちのようでした。イチョウの葉たちは、川や家並みを越え、次第にそれぞれが別れ離れになりながら、風に乗って遠くへ飛んで行きました。

ある一枚は、人って楽しいことばかりあるんだなと思っていました。が、泣いている人や唇を噛みしめている人を見つけ、人も悲しいことがあるんだなと、思い直しました。
その一枚が、ある家の縁側で、声を上げて笑っている赤ちゃんを見つけたのです。

自転車

源じいの家は、坂の上にありました。源じいは、その坂道をいつも自転車で軽やかに行き来していました。

「源さんは元気だね。」

とみんなから声をかけられると、源じいは飛び切りの笑みを浮かべるのでした。

ところが、ある日、家へ戻る源じいが、坂道の途中で悪戦苦闘をしていました。何度気合を込めてペダルを踏んでも、自転車は坂を進まないのです。ついに、源じいは自転車を押して家まで戻ることになりました。

それがあってからというもの、源じいは一切自転車に乗らなくなりました。

それから三カ月。源じいに憧れの人ができました。村の郵便局に新しく配属されてきた、笑顔がとても愛くるしい女性局員です。

それからです。源じいが納屋から自転車を引っ張り出し、再び自転車で坂道に挑戦を始めたのは。

プレゼント

広香が一年生の時の担任だった牧村先生が、遠くの小学校へ転任することになりました。修了式でそのことを知った広香は、びっくりして悲しくなりました。

下校の前、広香は職員室に行きました。

「先生、長い間お世話になりました。ありがとうございます。私すごく悲しいです。」

涙顔の広香に、牧村先生も目を赤くしました。そして、おもむろに机の引き出しから封筒を出しました。

「これ、広香ちゃんが一年生の時にくれたたくさんのプレゼントよ。覚えている？あの広香ちゃんが、四月からは六年生。先生も年を取るわけね。」

広香は一年生の時、新聞の折り込みに宝石店のチラシがあるたびに、指輪やネックレスの写真を切り抜き、先生にプレゼントしたのです。先生は、いつまでも、その切り抜きを持っていてくれたのでした。

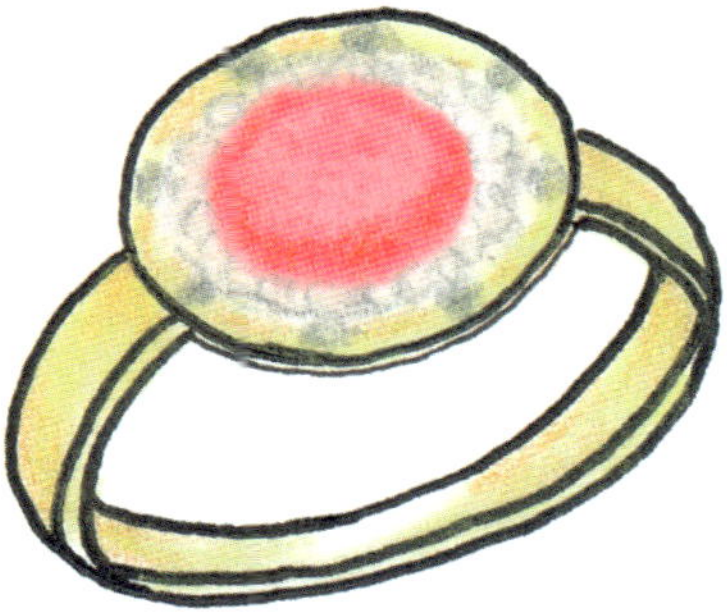

水神様

香代さんはとても陽気で元気です。野良仕事をしている様子からは、九十歳を超えているとはとても思えません。

今日は雨のため、香代さんは畑に出ることができず、縁側でぼんやりとしていました。ぼんやりとしていても、このような雨の日には、必ず思い出すことがありました。

雨の中、夫が召集されて南方の戦地に向かったこと。雨の日に、その夫の戦死通知が届いたこと。一人娘を六歳で亡くし、天国へ送り出した葬儀の日も雨だったこと。その娘の病状が急変して、娘を抱いて医院へ走ったのも、確か夜の雨の中だったこと。

香代さんは、自分は水神様のばちがあたったんじゃないかと、思い続けています。

でも、縁側から香代さんが見ている紫陽花は、雨に一層映えているのでした。また、アマガエルは、「この雨は水神様の恵みだよ。」と言って鳴いているようでした。

最期

今日も彼のご馳走の話で持ちきりです。何しろ彼は私たちの間では人気抜群なのです。

「あの味って忘れられないわ。」

「そうそうあのおいしさったら。」

「おいしさだけでないわ。第一、新鮮そのもので栄養も満点！」

「それに彼ったらものすごくハンサム！」

私はそんな話を傍らで聞いていて、今日こそは彼のご馳走をいただこうと、初めて彼のもとに向かったのです。

噂どおりのおいしそうなにおい。レディの身でありながら、私は思わず舌なめずりをしてしまいました。さあ食べようとしたその時です。彼は自分の腕に小さな黒いものを見つけたのです。彼の平手が飛んできました。

「パッシ！」

その瞬間、蚊の私は彼の腕でつぶれ、天国へ行ってしまいました。せっかく彼のファンの一匹になろうと思っていたのに……。

シンバル奏者

「至急求む！　シンバル奏者。但し、今年のムジカ音楽祭のみ。ムジカ楽団・団長」

町の掲示板でそれを見たベンは、ムジカ楽団の事務所に急ぎました。

「おまえは、子どもだがよかろう。音楽祭のフィナーレを飾る交響曲の最後に、それも一度だけ叩くだけだ。」

と団長に言われ、即採用となりました。

ベンは自分の体の半分が隠れるようなシンバルを力いっぱい叩くのですが、音が弱く、練習では、「おまえが曲を決めるんだぞ！」と何度も、団長から怒鳴られました。羊を世話する丘の上でも、一人練習に励みました。

「そうだ。天国にいる父さんと母さんに届くように叩けばいいんだ。」

いよいよ音楽祭のフィナーレです。そして、交響曲の最後、ベンだけの一音です。

「ジャーン！～」

会場は拍手の嵐に包まれました。

今年こそ

城山に登れば、渉が住む町が見渡せます。桜堤《さくらづつみ》の川、淡い緑を芽吹かせた丘陵や林、桜の花に包まれた町並み、造り酒屋の煙突、お宮の大ケヤキ、建物が集まっている所は駅前。

あの辺りは茉緒の家です。渉は、いつもそこへ目をやることを忘れません。

渉たち野球部員は、トレーニングで、玉の汗を飛ばしながら、高校の裏手にある城山に走って登ります。城山に着くと、みんなはそこらに倒れこみ、目を閉じてしばらく風の歌を聞いています。そして、立ち上がって、再び、掛け声と共に城山を後にします。

三年生の渉は、エースピッチャーです。この夏、甲子園をめざし、最後の地方大会に臨みます。渉は、今年こそと練習にも力が入っています。去年は地方大会決勝戦で救援。ところが満塁で四球。痛恨の押し出しで敗戦投手に。悔し涙の渉でした。
その渉を何枚もの手紙で慰め力づけたのは、茉緒でした。

銀河の衝突

宇宙の近隣最大の銀河は、大きな渦を巻いたアンドロメダ銀河です。その大銀河が、我が天の川銀河に衝突。二つの銀河の衝突は確実だそうです。その時、太陽系は？

ただ、約四十億年後の話なのですが……。

星好きの慎也は、その時の夜空を想像します。衝突の二億五千万年前には、巨大な眼のようなアンドロメダ銀河が、天の川と交差するように横たわります。それは、夜空の大スペクタクル光景です。

衝突が間近になると、夜空には無限の数の星々が輝きます。

慎也は、想像しながら興奮をしています。

しかし、未来の人類は、その光景を見ることは不可能です。人類や地球そのものが存在していないかも知れないからです。

そんな時空を超えたことを想像する慎也は、今、仕事の上でくよくよしていることが、すごくちっぽけに思えるのでした。

神様のご利益

お勢さんが、初めて人間ドックを受けることになりました。毎年の住民健診では特段異常は見つかっていませんが、その健診では検査項目が限られています。そこで、息子や娘たちの勧めで、一泊二日の人間ドックを受けることになりました。

お勢さんは、毎朝、お稲荷さんにお参りしているので、体は大丈夫だと信じています。

胆のうエコー検査の時です。

「胆のうにポリープがありますね。」

「ポリープって何です？」

検査の医師は、モニター画面を見ながら、

「まあ、イボみたいなものですね。」

「私、毎日それも何十年と、近所のお稲荷さんにお参りしているんですが……」

「急に大きくならない限り、心配はないです。五ミリほどのコレステロール性のものと思われますよ。」

「やっぱり、お稲荷さんのお陰だわ。」

一枚の写真

かつて孤児院で育った春さんは、親の温もりも、顔も全く知りません。

そのような春さんに、一人の白髪の紳士が訪ねてきました。やっと捜しあてたそうです。

彼が春さんに差し出したのは、赤ちゃんを抱いて頬ずりしている女性が写った写真でした。それが、春さんと春さんのお母さんだというのです。七十年以上前の写真です。

彼は一昨年亡くなった奥さんの遺品整理中、それを見つけました。昔、家が隣同士だったのですが、なぜ自分の奥さんがそれを持っていたのか、記憶にありません。ただ、春さんのお父さんは戦死し、お母さんは幼い春さんを残して病死したことは覚えています。彼の奥さんは病床で、「あの春ちゃんは、どうしたかね。」と言ったこともあるそうです。

愛おしそうに自分に頬ずりしている母親の姿に、また、自分を気にしてくれる人がいたことに、春さんはただただ涙するのでした。

美術館警備員

美術館の警備員に採用されたカルロは、出勤初日の夜、先輩の老警備員と館内を巡視することになりました。

館内の廊下で、老警備員が話しかけました。

「カルロ、美術館の警備員として大切なことは何だと思う？

それは、作品への思いやりだよ。夜にな。

お前さんも、一日中、同じポーズをとっていたり、すましたり微笑んだりしていたら、体も顔も持たんだろうが。作品の人物も同じことさ。だから、真夜中のほんの数十分、彫刻の彼ら彼女らは、体をしっかりストレッチするんだよ。絵の彼ら彼女らは、額縁から飛び出して、顔をマッサージするんだよ。

巡視中、それを見て驚いたら、警備員失格だよ。見て見ないふりをして、何もなかったようにするのが、作品への思いやりだよ。」

カルロは納得しましたが、裸体の作品から話しかけられたら、と心配になってきました。

善さんの杖

神社の境内の片隅に一本の杖がありました。

「あっ、これは善さんの杖じゃないか。」

九十歳の善さんは、去年、女房のハルを亡くしてから、めっきり心身が弱っています。息子夫婦が善さんとの同居を勧めていますが、言うことを聞きません。買い物以外、出歩くことはほとんどなくなりました。しかし、善さんにとっては、若い時分から「元気で力持ちの善やん」と呼ばれていたことが、今の生きる力の素になっているのです。

秋祭りの太鼓の音が響いてきました。善さんは、その音に導かれて、神社に足を運びました。太鼓を打っていた頃がよみがえってきました。事実、太鼓を打つ善さんは、鷲のような精悍《せいかん》さがありました。そんな善さんにハルが憧れたのでした。そんなことを思い出しながら、目の前で太鼓の音を聞いているうちに、元気が湧いてきました。

善さんは、杖を忘れて帰ったのでした。

嫁ぐ日に

若葉の香りを乗せた風が光っています。奈美が嫁ぐ朝です。奈美は、自分の花嫁姿を夢見ていた祖父に線香を供えました。

祖父は若い頃、病気で両耳が不自由になった祖母と知り合いました。二人は結婚を誓い合いましたが、耳の不自由な祖母との結婚に、祖父の周囲は反対でした。一方、祖母の両親も、そのことを知って、幸せな結婚はできないと結婚を諦めるよう、祖母を諭しました。

しかし、祖父は、耳の不自由なことと、人の心とは何の関係もないと周りを説得し、二人は結ばれました。そして、父が生まれ、その父と母の間に奈美が生まれました。

祖父の祖母に対する愛がなかったら、二人は結ばれず、父も奈美もこの世にはいませんでした。奈美は手を合わせてつぶやきました。

「おじいさんの思いが、私の命までつながっています。ありがとう。これから、奈美は嫁いでいきます。」

先生の話

一時間目、先生は僕たちにこう言ったんだ。

「今は、国語の時間だけど、君たちに話がある。国語の物語文の学習では、君たちは、『主人公は、その時、何を考えていたのでしょう。』とか、『登場人物のAやBは、どのような気持ちだったでしょう。』というようなことなどを、読み取ってきただろう。みんなで考えてきただろう。

でも、物語文の主人公や登場人物の気持ちや考えがいくら分かっても、君たちの隣や周りの友だちの気持ちや、考えが分からなくては、だめなんだ。だめなんだ……」

そこまで言うと、先生は口を震わせ、教卓の上に手を置いて、うつむいてしまったんだ。

僕たちは、先生の言いたいことが、痛いほど分かっていたんだ。だから、僕たちも泣き出したんだ。

次の月曜日、学校を休んでいた功君を、僕たちは笑顔で迎えたんだ。

父への手紙

高校生の美咲がまだ小学生の頃、母が美咲と弟を残して家を出て行きました。父は、美咲たちの世話ができるように、商社を辞め、極端な残業のない大工見習いとして勤め直しました。そして今に至っています。

父は、毎朝、美咲たちと自分の弁当を作っています。夜は仕事疲れの中、夕食を作っています。美咲が食事の用意はすると言っても、「その時間、勉強と部活を頑張れや。」と返すばかりでした。母が出て行ったのは自分の責任だと、父は今も自分を責めています。

夏休みのある日、美咲は、こっそり父の仕事現場を見に行きました。物陰から見る父は、汗だくになりながら材木を運んだり、板を打ち付けたりしていました。美咲は、父の仕事姿に涙ぐんできました。

その夜、美咲は、面と向かって言えないことを、父への手紙として書きました。美咲はどのような手紙を書いたのでしょうか。

思い出のアルバム

園庭の桜のつぼみも大きくふくらんできました。卒園式です。友里は初めて年長組担任になり、今日、子どもたちを送り出します。子どもたちと別れるのが辛く、家を出るときから、友里は涙ぐんでいました。

式の最後は『思い出のアルバム』の歌です。

♪いつのことだか　思い出してごらん……♪

教職員と在園生が、卒園生に歌で呼びかけます。卒園生がそれに応え、季節ごとの思い出を歌います。その時も、友里は、子どもたちとの数々の出来事や、共に汗して頑張った運動会、作品展、発表会などが次々と浮かび、涙を流しながら歌いました。

「友里先生！」「友里先生！」

式が終わり、教室に戻った子どもたちは、友里を囲んで泣きました。
しかし、子どもたちは保護者に連れられ、みんな笑顔で、元気に園を後にしました。
あと十日で、子どもたちは一年生です。

転校のあいさつ

小学校二年生と四年生の姉妹が、転校することになりました。

四年生の圭子は、全校のみんなの前で、どうあいさつをしたらいいか、ずっと悩んでいました。あいさつの内容もさることながら、みんなや先生との日々を思い起こし、泣いたらどうしようと心配していたのです。それに対して妹の香奈は、

「姉ちゃん、簡単、簡単。むこうの学校でもがんばりますと、言ったらしまい。」

と平然としていました。

とうとう、二人がみんなと別れる日が来ました。全校朝会でのあいさつです。

前日まで平然としていた香奈は、みんなとの別れの辛さで、涙が出るばかり。あいさつの言葉は一言も出ませんでした。反対に、あれだけ悩んでいた圭子は、妹の分まで、しっかりとお別れのあいさつができました。

校庭の桜のつぼみがふくらんでいました。

雪に舞う

友紀は雪の日に生まれたので、「雪」と同じ音の「友紀」と名づけられました。そのようなことから友紀は、雪が大好きです。

授業中、雪が舞い出しました。めったに雪が降らないので、教室の窓を見た友紀たち二年生の子どもたちは、思わず歓声を上げました。先生はそれを制し、こう言いました。

「この算数が終わったら、みんなで運動場に出ようね。先生が雪の空へ昇ったような気持ちになれる方法を教えてあげるよ。」

休み時間、みんなで運動場に出ました。

「さあ、みんな鳥の翼のように腕を広げて。そして、上を向いて降ってくる雪を、じっと見てごらん。」

友紀は言われる通り、大きな目で舞い落ちて来る雪をじっと見ていました。どうでしょう。友紀は空に吸い込まれて、どんどん空高く上がって行く感じがしました。友紀は、雪の中を自由に舞っている気分でした。

卒業晴れ着

来春に大学の卒業を控え、梨緒たちの話題が、卒業式に着る着物のこととなることがあります。今時の明るく華やかな柄の着物を、レンタル店で既に予約している友だちもいるようでした。

梨緒は友だちを羨ましく思い、自分もそのような着物を身に着けて、卒業式に臨みたいと母親に話しました。

「レンタルはもったいないと思うよ。古い柄かも知れないけれど、お母さんが学生の時、卒業式で着た着物、残しているよ。」

それは、落ち着いた縦縞模様の着物でした。

卒業式当日、梨緒はしぶしぶその着物と袴を身に着けて卒業式に出ました。

ある教授が、その姿を見て言いました。

「シックで、梨緒さんに似合っているよ。派手でないのに素敵さで目立っているよ。」

梨緒はお母さんの着物でよかったと思い、その着物を誇らしく思ったのでした。

風と小鳥の音楽会

その町の中世風な景色はのどかでした。しかし、町の人たちは、日曜日も祝日も関係なく、いつも早朝から夜中まで働いていました。

その町は、経済的に裕福な町にはなってはいましたが……。

ある日、その町の家々に手紙が届きました。

「次の日曜日、丘の森の舞台広場で音楽会をします。たまには、休んでください。」

当日、「仕事があるのになぁ。」と、町の人たちはぶつぶつ言いながら、丘に集まりました。が、演奏者一人の姿も楽器一つもありませんでした。いたずらだったんだとみんなが思った時、さわやかな風が吹き寄せました。

丘の森の木々の葉が一斉にサラサラ、サワサワと歌いだしました。そして、それに合わせて、小鳥たちも歌い始めました。

「風と小鳥たちの音楽会だ！　わしらは仕事だ、仕事だとばかり言って、こんな風の音や小鳥たちの声まで忘れていたんだ！」

文・絵・写真

島内　武（しまうち　たけし）

昭和20年生まれ。大阪市立小学校に勤務し、大阪市教育委員会指導主事、管理主事等を経て、三校の校長を歴任。その後、大阪成蹊短期大学教授（理科教育）、大阪教育大学非常勤講師、私立桃の里幼稚園長を歴任し、現在は甲南女子大学特別講師。また、大阪教育大学同窓会天遊会会長、大阪教育大学教員同窓会「天遊」会長、一般社団法人友松会専務理事を務め、教員の研修活動等に努めている。地域の広報紙に毎月「ちょこっと理科ちゃん便り」（身近な科学的な話）を連載している。当東京図書出版刊の楓林作『あ　うん』（2016年7月）のイラストを担当。

小さな101物語　知っていたよ

2016年11月29日　初版発行

著　者　島内　武
発行者　中田典昭
発行所　東京図書出版
発売元　株式会社 リフレ出版
〒113-0021　東京都文京区本駒込 3-10-4
電話 (03)3823-9171　FAX 0120-41-8080
印　刷　株式会社 ブレイン

ISBN978-4-86641-022-7 C0093
Printed in Japan 2016
日本音楽著作権協会(出)許諾第1611159-601号

ご意見、ご感想をお寄せ下さい。

［宛先］〒113-0021　東京都文京区本駒込 3-10-4
東京図書出版